『赤光』入門

――斎藤茂吉を愛唱する

編・註
秋葉四郎
Akiba Shiro

飯塚書店

名橘
順風

『赤光』入門——斎藤茂吉を愛唱する

本書の特色

本書は、五年前斎藤茂吉歌集『赤光』刊行百年を記念して、斎藤茂吉の第一歌集『赤光』を、青少年から壮年、高齢者まで気軽に読み、親しめるように工夫して復刊刊行したものの改訂版である。もともと『赤光』は、刊行当時も、それから後の百年余も多くの人に親しまれてきた。その楽しさを更に多くの人に広めたい願いで作られている。そのため、どなたにも文語調短歌に馴染んでいただくのがよいと考え、声に出して読む方法を具体的に示してみた。

一、元の作品の傍らに、現代仮名遣いにより、新たに漢字仮名まじり文の読み下し作品を添え、どなたもためらうことなく音読できるようにしている。

二、更に、その一首をどう朗読するのが望ましいのか。音声化のための朗読記号を付して読者の便宜を図っている。

三、音声化・朗読には一首の意味が分かり、情景等をイメージすることが不可欠だから、簡潔な註を添えている。

四、朗読記号は、短歌の朗読を一般化し、より徹底したいと考えて、編註者が便宜上工夫しているもので、朗読方法のごく一例を示すものである。短歌作品は、定型の五七五七七の各句が、第一句または初句、第二句、第三句、第四句、第五句または結句と呼ばれて、それぞれの句が機能し合い、響き合うことによって、一首として成立している。従って、一首一首の歌は意味の流れと音調とが合体して、各句、句切れ、声調の流れ・リズムとなっている。それを十分に意識して、内容を深く読み取れるように音声化・朗読することが原則となる。それを**読み伝え短歌朗読**として、文語調の短歌に親しみの薄い方々に馴染んでもらいたい思いが私にはある。

記号はシンプルを旨として三つに限定した。▽と○と**網掛け**である。すなわち、**▽印**は「句を意識しブレスをしない間《ま》」、**○印**は「句切れなどを生かしブレスを伴う間《ま》」。**網掛け**は、読者の読み取りに従って、プロミネンス（抑揚、強調等）をつけるところである。これはあくまでも一案で、読者がその作品をどう受け止めたかによって異なる。編註者が一応こう受け止めているという一例として御活用いただきたい。もちろん各人の生理的事由等によるブレスを規制するものではない。その人の自然な呼吸によって、読みとるのが最ものぞましいのである。

平成三十年四月吉日

斎藤茂吉記念館リニューアルオープンにあたって　秋葉　四郎

目次

挿画

大正二年

1　悲報来

※「悲報来《ひほうらい》」悲しい知らせが来たこと。作者茂吉は信濃上諏訪に滞在中師の伊藤左千夫の急死の知らせをうけた。

ひた走るわが道《みち》暗しんしんと堪《こら》へかねたるわが道くらし

ひた走るわが道くらし○しんしんと▽こらえかねたるわが道くらし

※「しんしんと」（「深々」「沈々」）ひっそりと静まり返っているさま。結句の「わが道くらし」にかかる。

ほのぼのとおのれ光りてながれたる蛍《ほたる》を殺すわが道くらし

ほのぼのとおのれ光りてながれたる▽蛍を殺す▽わが道くらし

※「ほのぼのと」は蛍の光の擬態語で感覚的に捉えている。

すべなきか蛍《ほたる》をころす手のひらに光つぶれてせんすべはなし

すべなきか▽蛍を殺す○手のひらに▽光りつぶれてせんすべはなし

※「すべ」手段、方法。「せんすべ」なすべき手段。

氷室《ひむろ》より氷《こほり》をいだす幾人《いくにん》はわが走る時ものを
云はざりしかも

氷室より氷をいだすいくにんは▽わが走る時▽ものをいわざりしかも

氷《こほり》きるをとこの口《くち》のたばこの火赤《あか》かりければ
見て走りたり

氷きるおとこの口のたばこの火◯赤かりければ見て走りたり

死にせれば人は居《ゐ》ぬかなと歎《なげ》かひて眠り薬を
のみて寝んとす

死にせれば人はいぬかなと嘆かいて▽眠り薬をのみて寝んとす

赤彦《あかひこ》と赤彦が妻吾《あ》に寝よと蚤とり粉《こな》を呉れに
けらずや

赤彦と赤彦がつま▽あに寝よと▽のみとり粉をくれにけらずや

※「氷室」当時天然の氷を夏まで保存していた室《むろ》、岩穴。

※「たばこの火」不吉と緊迫感とを暗示している。

※朗読には、独語の感じをこめる。

※茂吉は敏感な肌をしていて、蚤や家ダニに苦しんだ。

罌粟《けし》はたの向《むか》うに湖《うみ》の光りたる信濃《しなの》のくにに目ざめけるかも

けしはたのむこうにうみの光りたる▽信濃のくにに目ざめけるかも

※罌粟は赤い花を輝かせているだろう。

諏訪のうみに遠白《とほじろ》く立つ流波《ながれなみ》つばらつばらに見んと思《おも》へや

すわのうみに遠じろく立つながれ波○つばらつばらに見んと思えや

※「思へや」反語、しみじみ見てなどいられない。「流波」はさざなみ。「つばらつばら」つぶさに、しみじみと、の意。

あかあかと朝焼《あさや》けにけりひんがしの山並《やまなみ》の天《あめ》朝焼けにけり

あかあかと朝焼けにけり○ひんがしの山並のあめ朝焼けにけり

※対句は朝焼けの美しさを強調している。人の悲しみとはかかわらない無情を感じているのかも知れない。

七月三十日信濃上諏訪に滞在し、一湯浴びて寝ようと湯壷に浸つてゐた時、左千夫先生死んだといふ電報を受取つた。予は直ちに高木なる島木赤彦宅へ走る。夜は十二時を過ぎてゐた。

2　屋上の石

※「屋上の石」「屋根石」のこと。屋根板の押さえに置く石、この地域の特色であったろう。

あしびきの山の峡《はざま》をゆくみづのをりをり白く
たぎちけるかも

あしびきの山のはざまをゆく水の▽おりおり白くたぎちけるかも

※「あしびきの」「山」にかかる枕詞、声調を整えている。

しら玉の憂《うれひ》のをんな恋ひたづね幾やま越えて
来《きた》りけらしも

しら玉のうれいの女恋いたずね▽いくやま越えて来たりけらしも

※「しら玉」白い美しい玉、真珠。ここでは恋い訪ねてきた「憂のをんな」を修飾している。

鳳仙花城《しろ》あとに散り散りたまる夕《ゆふ》かたまけて
忍び逢ひたれ

ほうせんか▽城あとに散り散りたまる▽夕かたまけて忍び逢いたれ

※「逢ひたれ」『赤光』に多い已然形止め、係り結びの法則（強調表現）の係助詞が略されている技法。

天そそる山のまほらに夕《ゆふ》よどむ光りのなかに
抱《いだ》きけるかも

あまそそる山のまほらに夕よどむ▽光の中にいだきけるかも

※「そそる」高くそびえる。「まほら」すぐれたところ。

屋上《をくじやう》の石は冷《つ》めたしみすずかる信濃のくにに
我は来にけり

屋上の石は冷たし○みすずかる信濃のくにに われは来にけり

※「みすずかる」信濃にかかる枕詞。

屋根の上に尻尾動かす鳥来りしばらく居つつ
去りにけるかも

屋根の上にしっぽ動かす鳥きたり○しばらくいつつ去りにけるかも

屋根踏みて居ればかなしもすぐ下《した》の店《みせ》に卵を
数へゐる見ゆ

屋根ふみておればかなしも○すぐ下の店に卵を数えいる見ゆ

※次の歌と共に、意外な角度からの人の生活を見た感慨。

屋根にゐて微《かそ》けき憂《うれひ》湧きにけり目《ま》したの街《まち》の
なりはひの見ゆ　（七月作）

屋根にいてかそけきうれい湧きにけり◯ましたの街のなりわいの見ゆ

※「なりはひ」人が生きてゆく仕事、農業商業勤務など。

3　七月二十三日

めん鶏《どり》ら砂あび居《ゐ》たれひつそりと剃刀研人《かみそりとぎ》は
過ぎ行きにけり

めん鶏ら砂あびいたれ◯ひっそりとかみそりとぎは過ぎゆきにけり

※普通「とぎや」などとふれ声を出して通る剃刀研人がおし黙ってすぎる。それと雌鶏の砂浴びとの配合が不思議な気配を醸し出す。

夏休日《なつやすみ》われももらひて十日《とをか》まり汗をながして
なまけてゐたり

夏休みわれももらいて△十日まり△汗をながしてなまけていたり

※「十日まり」十日余り、「まり」余りの略語。

たたかひは上海《しやんはい》に起り居《ゐ》たりけり鳳仙花紅《あか》く
散りゐたりけり

たたかいは上海に起こりいたりけり○ほうせんかあかく散りいたりけり

※「たたかひ」当時の中国の内戦（革命）。

十日なまけけふ来て見れば受持の狂人《きやうじん》ひとり
死に行きて居《ゐ》し

十日なまけきょう来てみれば▽受けもちの狂人ひとり死にゆきていし

鳳仙花かたまりて散るひるさがりつくづくと
われ帰りけるかも　（七月作）

ほうせんかかたまりて散るひるさがり▽つくづくとわれ▽帰りけるかも

※「つくづく」受け持ちの患者の死が離れないのである。

4 麦奴

しみじみと汗ふきにけり監獄のあかき煉瓦にさみだれは降り

しみじみと汗ふきにけり○監獄のあかきレンガにさみだれは降り

雨空《あめぞら》に煙上《のぼ》りて久しかりこれやこの日の午時ちかみかも

雨空に煙のぼりて久しかり○これやこの日のひるどきちかみかも

飯《いひ》かしぐ煙《けむり》ならむと鉛筆の秀《ほ》を研ぎて居《ゐ》て煙《けむり》を見るも

いいかしぐ煙ならんと▽えんぴつのほをとぎていて煙を見るも

※「麦奴《むぎのくろみ》」麦の黒穂病、病菌によって穂が黒くなり実りをなさない。

※「さみだれ」陰暦五月に降る長雨、梅雨。

※「煙」は食事を作る煙、それを見ながら今日でいう精神鑑定のような仕事で監獄に来て患者を待っているところ。

病監の窓の下びに紫陽花《あぢさゐ》が咲き、折をり風は吹き行きにけり

※「下び」は下部。

びょうかんの窓の下びにあじさいが咲き▽おりおり風は吹きゆきにけり

ひた赤し煉瓦の塀はひた赤し女《をんな》刺しし男に物《もの》いひ居れば

※「ひた」（直）いちず、ただ。上の句で心理を暗示している。

ひた赤し▽レンガの塀はひた赤し○女さしし男にものいいおれば

監房より今しがた来《こ》し囚人はわがまへにゐてやや笑《ゑ》めるかも

かんぼうより今しがたこししゅうじんは▽わが前にいてややえめるかも

巻尺《まきじやく》を囚人のあたまに当て居りて風吹き来しに外面《そとも》を見たり

巻き尺を囚人のあたまに当ておりて▽風吹きこしにそともを見たり

ほほけたる囚人の眼のやや光り女を云ふかも
刺しし女を

ほほけたる囚人のめのやや光り▽女をいうかも◯さしし女を

相群れてべにがら色の囚人《しうじん》は往《ゆ》きにけるかも
入り日赤《あか》けば

あいむれてべにがら色の囚人は▽ゆきにけるかも◯入り日赤けば

まはりみち畑にのぼればくろぐろと麦奴《むぎのくろみ》は棄
てられにけり

まわり道はたにのぼれば▽くろぐろと▽麦のくろみはすてられにけり

光もて囚人の瞳《ひとみ》てらしたりこの囚人を観《み》ざる
べからず

光もて囚人のひとみてらしたり◯この囚人をみざるべからず

※「ほほけたる」張がなくぼんやりしている状態。

※「べにがら色」囚人服の色でベンガラ、黄赤色。

けふの日は何も答《いら》へず板の上に瞳《ひとみ》を落すこの男はや

きょうの日は何もいらえず○板の上にひとみを落とす▽この男はや

※「はや」係助詞ハと間投助詞ヤが複合し詠嘆を表す。

紺いろの囚人の群《むれ》笠かむり草苅るゆゑに光るその鎌

こんいろの囚人のむれ▽かさかむり▽草かるゆえに光るそのかま

監獄に通ひ来しより幾日《いくひ》経し蜩《かなかな》啼きたり二つ啼きたり

かんごくに通いこしよりいく日へし○かなかなきたり○二つなきたり

よごれたる門札おきて急ぎたれ八尺入《やさかい》りつ日ゆららに紅し

よごれたるもんさつおきて急ぎたれ○やさかいりつ日ゆららにあかし

※「門札」刑務所に出入りするための鑑札。「八尺入りつ日」大きな入日。「ゆららに」ゆらゆらと。

黴毒のひそみ流るる血液を彼の男より採りて持ちたり　（七月作）

※「黴毒」（梅毒）性病の一つ。

ばい毒のひそみ流るる血液を▽かの男よりとりて持ちたり

殺人未遂被告某の精神状態鑑定を命ぜられて某監獄に通ひ居たる時、折にふれて詠みすてたるものなり。

5　みなづき嵐

※「みなづき」水無月、陰暦六月。

どんよりと空は曇りて居《を》りたれば二たび空を見ざりけるかも

どんよりと空は曇りておりたれば▽ふたたび空を見ざりけるかも

わが体《たい》にうつうつと汗にじみゐて今みな月の
嵐ふきたれ

わがたいにうつうつと汗にじみいて▽今みなづきの嵐ふきたれ

※「たれ」已然形止めの結句にし強調している。

わがいのち芝居《しばゐ》に似ると云はれたり云ひたる
をとこ肥りゐるかも

わがいのち芝居に似るといわれたり○いいたる男ふとりいるかも

※「わがいのち」自身の命を込めている短歌作品。

みなづきの嵐のなかに顫《ふる》ひつつ散るぬば玉の
黒き花みゆ

みなづきの嵐のなかにふるいつつ▽散るぬばたまの黒き花みゆ

※「ぬばたま」「黒」にかかる枕詞。

狂院の煉瓦の角《かど》を見ゐしかばみなづきの嵐ふ
きゆきにけり

きょう院のレンガのかどを見いしかば▽みなづきの嵐ふきゆきにけり

狂じや一人《ひとり》蚊帳よりいでてまぼしげに覆盆子《いちご》食べたしといひにけらずや

きょうじゃ一人▽かやよりいでてまぼしげに▽いちご食べたしといいにけらずや

※「覆盆子」いちごの実がとがった盆を伏せたような形であるところからこう書かれた。「いひにけらずや」言うではないか。

ながながと廊下を来つついそがしき心湧きたりわれの心に

ながながと廊下を来つつ▽いそがしき心わきたり○われの心に

※「いそがしき心」長い廊下を歩むことから湧く焦り。

蚊帳の中に蚊が二三疋《にさんびき》ゐるらしき此寂しさを告げやらましを

かやの中に▽蚊がにさんびきいるらしき▽この寂しさを告げやらましを

ひもじさに百日《ももか》を経たりこの心よるの女人を見るよりも悲し

ひもじさにももかをへたり○この心▽夜のおみなを見るよりも悲し

※「ひもじさ」空腹感、ここでは精神的な飢え。

日を吸ひてくろぐろと咲くダアリヤはわが目のもとに散らざりしかも

日を吸いてくろぐろと咲くダアリヤは▽わが目のもとに散らざりしかも

※「散らざりし」ダリアはキク科の球根植物で、花は散らない。

かなしさは日光のもとダアリヤの紅色《くれなゐ》ふかくくろぐろと咲く

かなしさは▽日光のもとダアリヤの▽くれないふかくくろぐろと咲く

うつうつと湿り重たくひさかたの天《あめ》低くして動かざるかも

うつうつと湿り重たく▽ひさかたのあめ低くして動かざるかも

※「ひさかた」「天」にかかる枕詞。

たたなはる曇りの下を狂人《きやうじん》はわらひて行けり吾を離れて

たたなわる曇りの下を▽狂人はわらいてゆけり○われを離れて

※「たたなはる」寄り合い重なる。曇が厚い。

ダアリヤは黒し笑ひて去りゆける狂人は終《つひ》に
かへり見ずけり　　（六月作）

ダアリヤは黒し▽笑いて去りゆける▽狂人はついにかえり見ずけり

※この一連は四部構成になっていて、「其の一」は序章。

6　死にたまふ母　其の一

ひろき葉は樹にひるがへり光りつつかくろひ
につつしづ心なけれ

ひろき葉はきにひるがえり▽光りつつかくろいにつつしずごころなけれ

※一連の序章。危篤の電報を受けて心が騒ぐのをひろき葉の光に託している。

白ふぢの垂花《たりはな》ちればしみじみと今はその実《み》の
見えそめしかも

白ふじのたり花ちれば▽しみじみと今はその実の見えそめしかも

みちのくの母のいのちを一目《ひとめ》見ん一目みんとぞいそぐなりけれ

みちのくの母のいのちを▽ひとめ見んひとめ見んとぞ▽いそぐなりけれ

※「母のいのち」命ある母。危篤の母。

うち日さす都の夜《よる》に灯《ひ》はともりあかかりければいそぐなりけり

うちひさす都の夜に灯はともり▽あかかりければいそぐなりけり

※「うち日さす」「宮」「都」にかかる枕詞。

ははが目を一目を見んと急ぎたるわが額《ぬか》のへに汗いでにけり

母が目をひとめを見んと急ぎたる▽わがぬかのへに汗いでにけり

※「一目を」の「を」は間投助詞で、語調を整え、懸命な思いを余情として添えている。

灯《ともし》あかき都をいでてゆく姿《すがた》かりそめの旅とひと見るらんか

ともしあかき都をいでてゆく姿▽かりそめの旅とひと見るらんか

※「かりそめの旅」普段の気軽な旅。

たまゆらに眠《ねむ》りしかなや走りたる汽車ぬちにして眠りしかなや

たまゆらに眠りしかなや○走りたる汽車ぬちにして眠りしかなや

※「汽車ぬち」の「ぬち」は「のうち」を約めている。

吾妻《あづま》やまに雪かがやけばみちのくの我《わ》が母の国に汽車入りにけり

あずまやまに雪かがやけば▽みちのくのわが母の国に汽車いりにけり

※「吾妻やま」福島県と山形県の県境の山。ここを過ぎれば郷里の上山に近づくのである。

朝さむみ桑の木の葉に霜ふれど母にちかづく汽車走るなり

朝さむみ桑の木の葉に霜ふれど▽母にちかづく汽車走るなり

沼の上にかぎろふ青き光よりわれの愁《うれへ》の来むと云《い》ふかや

沼の上にかぎろう青き光より▽われのうれえのこんというかや

※「かぎろふ」かすかに立つかがやき。

上《かみ》の山《やま》の停車場に下り若《わか》くしていまは鰥夫《やもを》の
おとうと見たり

かみの山の停車場におり▽若くして今はやもおのおとうと見たり

※「鰥夫」妻を亡くしたおとこ。

其の二

はるばると薬《くすり》をもちて来《こ》しわれを目守《まも》りたま
へりわれは子《こ》なれば

はるばると薬をもちてこしわれを▽まもりたまえり○われは子なれば

寄り添へる吾を目守《まも》りて言ひたまふ何かいひ
たまふわれは子なれば

寄り添えるわれをまもりて言いたもう○何か言いたもう▽われは子なれば

※「何か言ひたまふ」聞き取れない言葉を懸命に聞いている。

長押《なげし》なる丹《に》ぬりの槍に塵は見ゆ母の辺《べ》の我《わ》が
朝目《あさめ》には見ゆ

なげしなるにぬりのやりにちりは見ゆ○母のべ のわが朝めには見ゆ

※「長押」鴨居の下の横木、古い家であることが分かる。

山いづる太陽光《たいやうくわう》を拝みたりをだまきの花咲き
つづきたり

山いずるた太陽光をおがみたり○おだまきの花咲きつづきたり

※太陽を拝み敬うのは自然崇拝の象徴。茂吉の根源的な態度であり、ここでは母の病の回復をも祈っているだろう。

死に近き母に添寝《そひね》のしんしんと遠田《とほた》のかはづ
天《てん》に聞《きこ》ゆる

死に近き母にそいねのしんしんと▽とおたのかわず天に聞こゆる

※「しんしんと」茂吉独自な用語で、音や状態の形容を超え心象的、感覚的に感じているものを表現している。

桑の香の青くただよふ朝明《あさあけ》に堪《た》へがたければ
母呼びにけり

桑のかの青くただよう朝あけに▽たえがたければ母よびにけり

※「青くただよふ」生々しく香る。

死に近き母が目《め》に寄《よ》りをだまきの花咲きたりといひにけるかな

死に近き母が目により▽おだまきの花咲きたりといいにけるかな

春なればひかり流れてうらがなし今は野《ぬ》のべに蟆子《ぶと》も生《あ》れしか

春なればひかり流れてうらがなし○今はぬのべにぶともあれしか

死に近き母が額《ひたひ》を撫《さす》りつつ涙ながれて居たりけるかな

死に近き母がひたいをさすりつつ▽涙ながれていたりけるかな

母が目をしまし離《か》れ来て目守《まも》りたりあな悲しもよ蚕《かふこ》のねむり

母が目をしましかれ来てまもりたり○あな悲しもよかうこのねむり

※「蚕《かふこ》」飼う蚕、即ち人工飼育の蚕《かいこ》、天然に育つ「山蚕」に対してこう言っている。

我《わ》が母よ死にたまひゆく我《わ》が母よ我《わ》を生《う》まし乳《ち》足《た》らひし母よ

わが母よ▽死にたまいゆくわが母よ○わを生まし▽ち▽たらいし母よ

※「乳足らひし」作者の造語になる「母」にかかる枕詞。

のど赤き玄鳥《つばくらめ》ふたつ屋梁《はり》にゐて足乳《たらち》ねの母は死にたまふなり

のど赤きつばくらめふたつはりにいて▽たらちねの母は死にたもうなり

※玄鳥《つばくらめ》は、つばめのこと。

いのちある人あつまりて我が母のいのち死行《しゆ》くを見たり死ゆくを

いのちある人あつまりて▽わが母のいのち死ゆくを▽見たり▽死ゆくを

ひとり来て蚕《かふこ》のへやに立ちたれば我《わ》が寂しさは極まりにけり

ひとり来てかうこのへやに立ちたれば▽わが寂しさは極まりにけり

其の三

※一連は葬送の場面で統一されている。

楢《なら》わか葉照りひるがへるうつつなに山蚕《やまこ》は青《あを》く生《あ》れぬ山蚕は

ならわかば照りひるがえるうつつなに▽やまこは青く▽あれぬ▽やまこは

※「うつつなに」うつつない状態で、つまり生きているともなくの意。

日のひかり斑《はだ》らに漏りてうら悲《がな》し山蚕は未《いま》だ小さかりけり

日のひかりはだらにもりてうらがなし○やまこはいまだ小さかりけり

※「斑《はだ》ら」まだら、まばら。

葬《はふ》り道《みち》すかんぼの華《はな》ほほけつつ葬り道べに散りにけらずや

はふり道すかんぼのはなほおけつつ▽はふり道べに散りにけらずや

※「けらずや」万葉調の強調表現。散ってしまっているではないか。

おきな草口《くち》あかく咲く野の道に光ながれて我《われ》ら行きつも

おきなぐさ口あかく咲く野の道に▽光ながれてわれらゆきつも

※茶毘に際して肉親が最初の火をつける。茂吉がその任に当たったのである。

わが母を焼《や》かねばならぬ火を持てり天《あま》つ空《そら》には見るものもなし

わが母を焼かねばならぬ火をもてり○あまつ空には見るものもなし

※「ははそはの」「母」にかかる枕詞。「星のゐる」擬人法にしたのは星が生きもののごとく生々しく見えたからであろう。心象の反映である。

星のゐる夜ぞらのもとに赤赤とははそはの母は燃えゆきにけり

星のいる夜ぞらのもとに▽あかあかと▽ははそはの母は燃えゆきにけり

さ夜ふかく母を葬《はふ》りの火を見ればただ赤くもぞ燃えにけるかも

さよふかく母をはふりの火を見れば▽ただ赤くもぞ燃えにけるかも

はふり火を守《まも》りこよひは更けにけり今夜《こよひ》の天《てん》のいつくしきかも

はふりびを守りこよいはふけにけり○こよいの天のいつくしきかも

※「はふり火」母を荼毘にしている火。「いつくしき」厳《いつく》しの意で荘厳なさま。

火を守《も》りてさ夜ふけぬれば弟は現身《うつしみ》のうた歌ふかなしく

火をもりてさ夜ふけぬれば▽弟は▽うつしみのうた歌う▽かなしく

※「現身のうた」現世の俗謡。

ひた心目守《まも》らんものかほの赤くのぼるけむりのその煙《けむり》はや

ひたごころまもらんものか○ほの赤くのぼるけむりの▽その煙はや

※「ひた心」邪念のないひたすらな心。

灰のなかに母をひろへり朝日子《あさひこ》ののぼるがなかに母をひろへり

灰のなかに母をひろえり○朝日子ののぼるがなかに▽母をひろえり

※「朝日子」朝日、一晩が過ぎたことを鮮明にしている。

蕗の葉に丁寧に集めし骨くづもみな骨瓶《こつがめ》に入
れ仕舞ひけり

ふきの葉にていねいに集めし骨くずも▽みなこつがめに入れしまいけり

うらうらと天《てん》に雲雀は啼きのぼり雪斑《はだ》らなる
山に雲ゐず

※「雲ゐず」この擬人は見慣れた雲、幼児から見ている雲という心象を反映しているだろう。

うらうらと天にひばりはなきのぼり▽雪はだらなる山に雲いず

どくだみも薊《あざみ》の花も焼けゐたり人葬《ひとはふり》所《ど》の天《あめ》明《あ》
けぬれば

どくだみもあざみの花も焼けいたり○ひとはふりどのあめ明けぬれば

※終章、改めて郷里の風物点景に亡き母をしのんでいる。

其の四

かぎろひの春なりければ木の芽みな吹き出《いづ》る
山べ行きゆくわれよ

かぎろいの春なりければ▽きの芽みな吹きいずる山べ▽ゆきゆくわれよ

※「かぎろひの」「春」にかかる枕詞。

ほのかにも通草《あけび》の花の散りぬれば山鳩のこゑ
現《うつつ》なるかな

ほのかにもあけびの花の散りぬれば▽山ばとのこえうつつなるかな

山かげに雉子が啼きたり山かげの酸《す》つぱき湯
こそかなしかりけれ

山かげにきじがなきたり○山かげの▽すっぱき湯こそかなしかりけれ

※「酸つぱき湯」酸性の強い温泉。ここは露天風呂。

酸《さん》の湯に身はすつぽりと浸りゐて空にかがやく光を見たり

さんの湯に身はすっぽりとひたりいて▽空にかがやく光を見たり

ふるさとのわぎへの里にかへり来て白ふぢの花ひでて食ひけり

ふるさとのわぎえの里にかえり来て▽白ふじの花ひでてくいけり

※「わぎへ」わが家。「ひでて」湯がくなど調理して。

山かげに消《け》のこる雪のかなしさに笹かき分けて急ぐなりけり

山かげにけのこる雪のかなしさに▽笹かきわけて急ぐなりけり

笹はらをただかき分けて行きゆけど母を尋ねんわれならなくに

笹はらをただかきわけてゆきゆけど▽母をたずねんわれならなくに

火の山の麓にいづる酸《さん》の温泉《ゆ》に一夜《ひとよ》ひたりてかなしみにけり

火の山のふもとにいずる酸のゆに▽ひと夜ひたりてかなしみにけり

※「火の山」火山、ここでは蔵王。

ほのかなる花の散りにし山のべを霞ながれて行きにけるはも

ほのかなる花の散りにし山のべを▽かすみながれてゆきにけるはも

※「花」前後の作から判断して木通《あけび》の花。

はるけくも峡《はざま》のやまに燃ゆる火のくれなゐと我《あ》が母と悲しき

はるけくもはざまの山に燃ゆる火の▽くれないとあが母と悲しき

山腹《やまはら》に燃ゆる火なれば赤赤とけむりはうごくかなしかれども

山はらに燃ゆる火なれば▽あかあかと▽けむりはうごく▽かなしかれども

たらの芽を摘みつつ行けり寂しさはわれより
ほかのものとかはしる

たらの芽をつみつつゆけり○寂しさはわれよりほかのものとかはしる

※「かは」強調表現としての反語。自分以外の人のわかるはずがない。それほど寂しい。

寂しさに堪へて分け入る我が目には黒ぐろと
通草の花ちりにけり

寂しさにたえて分けいるわが目には▽黒ぐろとあけびの花ちりにけり

見はるかす山腹なだり咲きてゐる辛夷《こぶし》の花は
ほのかなるかも

※「なだり」傾斜している地形。山の斜面。

見はるかす山はらなだり▽咲きているこぶしの花はほのかなるかも

蔵王山《ざわうさん》に斑《はだ》ら雪かもかがやくと夕さりくれば
岨《そは》ゆきにけり

※「岨」山の切り立った斜面。崖。

ざおうさんにはだら雪かもかがやくと▽夕さりくればそわゆきにけり

しみじみと雨降りゐたり山のべの土赤くしてあはれなるかも

しみじみと雨ふりいたり○山のべの土赤くしてあわれなるかも

遠天《をんてん》を流らふ雲にたまきはる命《いのち》は無しと云へばかなしき

おんてんをながろう雲に▽たまきわる命はなしといえばかなしき

※「たまきはる」「うち」「いのち」「うつつ」などにかかる枕詞。

やま峡《かひ》に日はとつぷりと暮れたれば今は湯の香《か》の深かりしかも

やまかいに日はとっぷりと暮れたれば▽今は湯の香の深かりしかも

湯どころに二夜《ふたよ》ねぶりて蓴菜《じゅんさい》を食へばさらさらに悲しみにけれ

湯どころにふたよねぶりてじゅんさいをくえば▽さらさらに悲しみにけれ

※「ねぶりて」宿泊し、眠って。「さらさらに」更にさらに、余計に（亡き母がしのばれる）。

山ゆゑに笹竹の子を食《く》ひにけりははそはの母よははそはの母よ　（五月作）

山ゆえに笹たけの子をくいにけり○ははそはの母よ▽ははそはの母よ

7　おひろ　其の一

なげかへばものみな暗《くら》しひんがしに出づる星さへ赤からなくに

なげかえばものみな暗し○ひんがしにいずる星さえ赤からなくに

とほくとほく行きたるならむ電燈を消せばぬば玉の夜《よる》もふけぬる

※「ぬば玉の」「夜」にかかる枕詞。

とおくとおくゆきたるならん○でんとうを▽消せばぬばたまの夜もふけぬる

夜くればさ夜床《よどこ》に寝しかなしかる面《おも》わも今は
無しも小床《をどこ》も

夜くれば▽さよどこに寝しかなしかるおもわも今は▽なしも▽おどこも

ふらふらとたどきも知らず浅草の丹《に》ぬりの堂
にわれは来にけり

ふらふらと▽たどきも知らず浅草のにぬりの堂に▽われは来にけり

※「たどきも知らず」どうする手立ても知らず、どうしようもなく。「丹ぬり」赤く塗った。

あな悲し観音堂に癩者《らいしゃ》ゐてただひたすらに銭《ぜに》
欲《ほ》りにけり

あな悲し○かんのん堂にらいしゃいて▽ただひたすらに銭ほりにけり

浅草に来てうで玉子買ひにけりひたさびしく
てわが帰るなる

浅草に来てうで玉子買いにけり○ひたさびしくてわが帰るなる

はつはつに触れし子なればわが心《こころ》今は斑《はだ》らに
嘆きたるなれ

はつはつに触れし子なれば▽わが心▽今ははだらに嘆きたるなれ

※「はつはつに」わずかに、かすかに。

代々木野《よよぎの》をひた走りたりさびしさに生《い》きの命《いのち》
のこのさびしさに

代々木のをひた走りたり◯さびしさに▽いきの命のこのさびしさに

※「ひた走る」ただ懸命に走る。

さびしさびしいま西方《さうほう》にくるくるとあかく入
る日もこよなく寂し

さびしさびし◯いまさいほうにくるくると▽あかくいる日もこよなく寂し

紙くづをさ庭に焚けばけむり立つ恋《こほ》しきひと
ははるかなるかも

紙くずをさ庭にたけばけむり立つ◯こおしきひとははるかなるかも

ほろほろとのぼるけむりの天《てん》にのぼり消え果つるかに我も消ぬかに

ほろほろとのぼるけむりの天にのぼり▽消えはつるかに▽我もけぬかに

※「ほろほろ」煙ののぼるさま。固まらず散り散りに。

ひさかたの悲天《ひてん》のもとに泣きながらひと恋ひにけりいのちも細く

ひさかたのひてんのもとに泣きながら▽ひと恋いにけり○いのちも細く

※「悲天」かなしい空。「いのちも細く」身に迫って。

放《はふ》り投げし風呂敷包ひろひ持ち抱《いだ》きてゐたりさびしくてならぬ

ほうり投げしふろしきづつみひろい持ち▽いだきていたり○さびしくてならぬ

ひつたりと抱《だ》きて悲しもひとならぬ瘋癲学の書《ふみ》のかなしも

ひったりと抱きて悲しも○ひとならぬふうてん学のふみのかなしも

※「瘋癲学《ふうてんがく》」作者の専門である精神病学。「ひつたり」肉感的にぴったり。

※「たどき」どうすればよいか、その方法。

うづ高く積みし書物《しょもつ》に塵たまり見の悲しもよたどき知らねば

うず高く積みし書物にちりたまり▽みの悲しもよ○たどき知らねば

つとめなればけふも電車に乗りにけり悲しきひとは遥かなるかも

つとめなればきょうも電車に乗りにけり○悲しきひとははるかなるかも

この朝け山椒の香のかよひ来てなげくこころに染みとほるなれ

この朝けさんしょうの香のかよい来て▽なげくこころにしみとおるなれ

其の二

ほのぼのと目を細くして抱《いだ》かれし子は去りし
より幾《いく》夜《よ》か経たる

ほのぼのと目を細くしていだかれし▽子は去りしよりいく夜かへたる

うれひつつ去《い》にし子ゆゑに藤のはな揺《ゆ》る光り
さへ悲しきものを

うれいつついにし子ゆえに▽藤のはなゆる光りさえ悲しきものを

しら玉の憂《うれひ》のをんな我《あ》に来《きた》り流るるがごと今
は去りにし

しら玉のうれいのおんなあにきたり○流るるがごと今はさりにし

※「しら玉」真珠。ここでは白い真珠のような（憂いを感じさせる）女性。

かなしみの恋にひたりてゐたるとき白ふぢの
花咲き垂りにけり

かなしみの恋にひたりていたるとき▽白ふじの花咲きたりにけり

夕やみに風たちぬればほのぼのと躑躅《つつじ》の花は
ちりにけるかも

夕やみに風たちぬれば▽ほのぼのと▽つつじの花はちりにけるかも

おもひ出は霜ふるたにに流れたるうす雲の如《ごと》
かなしきかなや

おもいでは▽霜ふるたにに流れたる▽うすぐものごとかなしきかなや

あさぼらけひと目見しゆゑしばだたくくろき
まつげをあはれみにけり

あさぼらけひと目見しゆえ▽しばだたく▽くろきまつげをあわれみにけり

※「あさぼらけ」明け方。

わが生《あ》れし星を慕《した》ひしくちびるの紅《あか》きをんなをあはれみにけり

わがあれし星をしたいし▽くちびるのあかきおんなを▽あわれみにけり

しんしんと雪ふりし夜にその指《ゆび》のあな冷《つめ》たよと言ひて寄りしか

しんしんと雪ふりし夜に▽その指のあな冷たよと言いてよりしか

狂院の煉瓦のうへに朝日子《あさひこ》のあかきを見つつくち触りにけり

きょういんのレンガのうえに▽朝日このあかきを見つつ▽くちふりにけり

たまきはる命《いのち》ひかりて触《ふ》りたれば否《いな》とは言ひて消《け》ぬがにも寄る

たまきわる命ひかりて▽ふりたれば▽いなとは言いてけぬがにもよる

彼《か》のいのち死《し》去《い》ねと云はばなぐさまめ我《われ》の心
は云ひがてぬかも

かのいのち死いねといわばなぐさまめ○われの心はいいがてぬかも

すり下《おろ》す山葵《わさび》おろしゆ滲《し》みいでて垂る青《あを》みづ
のかなしかりけり

すりおろすわさびおろしゆしみいでて▽たる青みずのかなしかりけり

啼くこゑは悲しけれども夕鳥《ゆふどり》は木に眠るなり
われは寝《ね》なくに

なくこえは悲しけれども▽ゆうどりは木に眠るなり○われはねなくに

其の三

愁《うれ》へつつ去《い》にし子のゆゑ遠山《とほやま》にもゆる火ほど
の我《あ》がこころかな

うれえつついにし子のゆえ▽とおやまにもゆる火ほどのあがこころかな

あはれなる女《をみな》の瞼《まぶた》恋ひ撫でてその夜ほとほと
われは死にけり

あわれなるおみなのまぶた恋いなでて▽その夜ほとほとわれは死にけり

このこころ葬《はふ》らんとして来《きた》りぬれ畑《はた》には麦は
赤らみにけり

このこころはふらんとしてきたりぬれ○畑には麦は赤らみにけり

夏されば農園に来て心ぐし水すましをばつかまへにけり

夏されば農園に来てこころぐし▽水すましをばつかまえにけり

※「なつされば」万葉集「秋されば」の応用にて、夏になったので。「心ぐし」気分がはっきりしない、切なく苦しい状態。

麦の穂に光《ひかり》ながれてたゆたへば向《むか》うに山羊は啼きそめにけれ

麦のほに光りながれてたゆたえば▽むこうにやぎはなきそめにけれ

藻のなかに潜《ひそ》むゐもりの赤き腹はつか見そめてうつつともなし

ものなかにひそむいもりの赤き腹▽はつか見そめてうつつともなし

※「ゐもり」田んぼなどに棲む淡水両生類。農薬を使う前はどこでも見かけた。

この心葬《はふ》り果てんと秀《ほ》の光る錐《きり》を畳にさしにけるかも

この心はふりはてんと▽ほの光るきりを畳にさしにけるかも

わらぢ虫たたみの上に出で来《こ》しに烟草のけむりかけて我居り

わらじ虫たたみの上にいでこしに▽たばこのけむりかけてわがおり

※「わらぢ虫」ダンゴ虫に似るが扁平で丸まらない。陰湿なところに多く棲む。

念々にをんなを思ふわれなれど今夜《こよひ》もおそく朱の墨するも

ねんねんにおんなを思うわれなれど▽こよいもおそくしゅの墨するも

※「念々に」短い時間も、刹那刹那にという意味から、常に。

この雨はさみだれならむ昨日《きのふ》よりわがさ庭べに降《ふ》りてゐるかも

この雨はさみだれならん◯昨日よりわがさ庭べにふりているかも

つつましく一人し居ればば狂院《きやうゐん》のあかき煉瓦に雨のふる見ゆ

つつましく一人しおればば▽きょういんのあかきレンガに雨のふる見ゆ

瑠璃いろにこもりて円《まろ》き草の実はわが恋人のまなこなりけり

るりいろにこもりてまろき草の実は▽わが恋人のまなこなりけり

ひんがしに星いづる時汝《な》が見なばその眼ほのぼのとかなしくあれよ

（五月六月作）

ひんがしに星いずる時ながが見なば▽そのめほのぼのとかなしくあれよ

8　きさらぎの日

※「きさらぎ」二月。

きやう院を早くまかりてひさびさに街《まち》を歩《あゆ》めばひかり目に染《し》む

※「まかりて」退出して。

きょういんを早くまかりて▽ひさびさに街を歩めばひかり目にしむ

平凡に涙をおとす耶蘇兵士《やそへいし》あかき下衣《ちよつき》を着たりけるかも

平凡に涙をおとすやそ兵士▽あかきチョッキを着たりけるかも

※「耶蘇兵士」救世軍の伝道者。詰襟の制服で、赤い縁取りがされていたという。

きさらぎの天《あめ》のひかりに飛行船ニコライでらの上を走れり

きさらぎのあめのひかりに▽飛行船▽ニコライでらの上を走れり

杵《きね》あまた並《なら》べばかなし一様《いちやう》につぼの白米《しろこめ》に落ち居たりけり

きねあまた並べばかなし○いちようにつぼのしろこめに落ちいたりけり

※「杵あまた」人力で臼と杵で精米するところを、杵を並べて水力などを利用して精米する装置。

杵《きね》あまた馬のかうべの形《かたち》せりつぼの白米《しろこめ》に落ちにけるかも

きねあまた馬のこうべの形せり○つぼのしろこめに落ちにけるかも

もろともに天《てん》を見上げし耶蘇士官あかき下衣《ちよつき》を着たりけるかも

もろともに天を見上げしやそしかん▽あかきチョッキを着たりけるかも

きさらぎの市路《いちぢ》を来つつほのぼのと紅き下衣《ちよつき》の悲しかるかも

きさらぎのいちじを来つつ▽ほのぼのと▽あかきチョッキの悲しかるかも

救世軍のをとこ兵士はくれなゐの下衣《ちよつき》着たれば何《なに》とすべけむ

きゅうせい軍のおとこ兵士は▽くれないのチョッキ着たれば▽なにとすべけん

※「何とすべけん」なんとしよう、どう考えるべきか。

まぼしげに空に見入りし女《をんな》あり黄色《わうしょく》のふね天《あま》馳《は》せゆけば

まぼしげに空に見いりし女あり◯おうしょくのふねあまはせゆけば

※「まぼしげ」眩しげに。江戸の人情本に出てくる言葉。「黄色のふね」黄の飛行船。

二月《にぐわつ》ぞら黄いろき船が飛びたればしみじみと
をんなに口触《くちふ》るかなや

二月ぞらきいろき船が飛びたれば▽しみじみとおんなに口ふるかなや

この身はも何《なに》か知らねどいとほしく夜《よる》おそく
ゐて爪きりにけり

（二月作）

この身はもなにか知らねどいとおしく▽夜おそくいてつめきりにけり

9　口ぶえ

このやうに何《なに》に頬骨《ほほぼね》たかきかや触《さや》りて見れば
をんななれども

このように何にほおぼねたかきかや▽さやりて見ればおんななれども

この夜《よる》をわれと寝《ぬ》る子のいやしさのゆゑ知らねども何か悲しき

この夜をわれとぬる子のいやしさの▽ゆえ知らねどもなにか悲しき

※「しぬのめ」しののめ。夜明け。あかつき。

目をあけてしぬのめごろと思ほえばのびのびと足をのばすなりけり

目をあけてしぬのめごろと思ほえば▽のびのびと足をのばすなりけり

ひんがしはあけぼのならむほそほそと口笛ふきて行く童子《どうじ》あり

ひんがしはあけぼのならん○ほそほそと口笛ふきてゆくどうじあり

※「あかねさす」「日」「紫」など輝き明るいものにかかる枕詞。ここでは「朝明け」を導いている。

あかねさす朝明けゆゑにひなげしを積みし車に会ひたるならむ

（五月作）

あかねさす朝あけゆえに▽ひなげしを積みし車に会いたるならん

10　神田の火事

これやこの昨日《きぞ》の夜《よ》の火に紅かりし跡どころなれけむり立ち見ゆ

これやこのきぞの夜の火にあかかりし▽あとどころなれ◯けむり立ち見ゆ

天明《あめあ》けし焼跡どころ燃えかへる火中《ほなか》に音の聞《きこ》えけるかも

あめあけし焼けあとどころ燃えかえる▽ほなかに音の聞えけるかも

亡ぶるものは悲しけれども目の前にかかれとてしも赤き火にほろぶ

ほろぶるものは悲しけれども▽目の前に▽かかれとてしも赤き火にほろぶ

※「これやこの」間投詞「や」をはさんで驚きを強調している。

たちのぼる灰燼《くわいじん》のなかにくろ眼鏡《めがね》白き眼鏡を
売れりけるかも

たちのぼるかいじんのなかに▽くろ眼鏡▽白き眼鏡を売れりけるかも

※「白き眼鏡」「くろ眼鏡」がサングラスであるのに対して透明な眼鏡。

和《のど》あゆみ眼鏡よろしと言《こと》あげてみづからの眼《め》
に眼鏡かけたり

（三月作）

のどあゆみ眼鏡よろしとことあげて▽みずからのめに眼鏡かけたり

※「和あゆみ」のんびりと歩む。「言あげて」眼鏡を売る人が、眼鏡はどうかと勧める声を上げるところ。そして眼鏡を自身が掛けるのである。

11　女学院門前

売薬商人《くすりうり》しろき帽子をかかぶりて歌ひしかも
よ薬《くすり》のうたを

くすり売りしろき帽子をかかぶりて▽歌いしかもよ◯薬のうたを

※「薬のうた」薬効を唄いつつ売っていた。風俗。

売薬商人《くすりうり》くすりを売ると足並をそろへて歌を
うたひけるかも

くすり売りくすりを売ると▽足なみをそろえて歌をうたいけるかも

驢馬にのる少年の眼はかがやけり薬のうたは
向うにきこゆ

ろばにのる少年のめはかがやけり○薬のうたはむこうにきこゆ

芝生《しばふ》には小松きよらに生《お》ひたれば人間道《にんげんだう》の薬
かなしも

芝生にはこまつきよらにおいたれば▽人間道の薬かなしも

あかねさす昼《ひる》なりしかば少女《をとめ》らのふりはへ袖
はながかりしかも

（三月作）

※「ふりはへ」人目を引く動作。

あかねさす昼なりしかば▽おとめらのふりはえそではながかりしかも

12 呉竹の根岸の里

にんげんの赤子《あかご》を負へる子守《こもり》居りこの子守はも笑はざりけり

にんげんのあかごをおえる子守おり○この子守はも笑わざりけり

日あたれば根岸の里の川べりの青蕗のたう揺《ゆ》りたつらんか

日あたれば▽ねぎしの里の川べりの▽青ふきのとうゆりたつらんか

くれたけの根岸里べの春浅み屋上《をくじやう》の雪凝《こ》りてうごかず

くれたけのねぎしさとべの春あさみ▽屋上の雪こりてうごかず

※「くれたけの」普通は枕詞で「ふし」「むなし」「夜」「世」などにかかる。ここでは根岸が竹の多いところだから、飛躍して使われている。

天《あめ》のなか光りは出でて今はいま雪さんらんと
かがやきにけり

あめのなか光はいでて▽今はいま▽雪さんらんとかがやきにけり

※「さんらん」燦爛、きらめき輝くさま。

角兵衛のをさな童《わらべ》のをさなさに涙ながれて我《われ》
は見んとす

かくべえのおさなわらべのおさなさに▽涙ながれてわれは見んとす

※「角兵衛（獅子）」越後獅子の別称。子供の獅子舞の芸によって金銭を乞い歩いた。

笛の音のとろりほろろと鳴りたれば紅色《こうしょく》の獅
子あらはれにけり

笛のねのとろりほろろと鳴りたれば▽こうしょくのししあらわれにけり

いとけなき額《ひたひ》のうへにくれなゐの獅子の頭《あたま》を
見そめしかもよ

いとけなきひたいのうえに▽くれないのししの頭を見そめしかもよ

※「いとけなき」幼い、あどけない。

春のかぜ吹きたるならむ目のもとの光《ひかり》のなかに塵うごく見ゆ

春のかぜ吹きたるならん◯目のもとの光のなかにちりうごく見ゆ

ながらふる日光のなか一いろに我のいのちのめぐるなりけり

ながらうる日光のなか▽ひといろに▽われのいのちのめぐるなりけり

あかあかと日輪天《てん》にまはりしが猫やなぎこそひかりそめぬれ

あかあかとにちりん天にまわりしが▽猫やなぎこそひかりそめぬれ

※「廻転光」地球の自転により、日輪が天を回ること、その光。作者の造語。

くれなゐの獅子のあたまは天《あめ》なるや廻転光《くわいてんくわう》にぬれゐたりけり

（一月作）

くれないのししのあたまは▽あめなるやかいてんこうにぬれいたりけり

13 さんげの心

雪のなかに日の落つる見ゆほのぼのと懺悔《さんげ》の
心かなしかれども

雪のなかに日の落つる見ゆ○ほのぼのとさんげの心かなしかれども

※「懺悔の心」過去に犯した罪を告白し許しを請う、その心。

こよひはや学問したき心起りたりしかすがに
われは床にねむりぬ

こよいはや学問したき心おこりたり○しかすがにわれはとこにねむりぬ

※「しかすがに」そうは言うものの。しかしながら。

風引きて寝てゐたりけり窓の戸に雪ふる聞《きこ》ゆ
さらさらといひて

かぜひきて寝ていたりけり○窓の戸に雪ふるきこゆ○さらさらといいて

あわ雪は消《け》なば消ぬがにふりたれば眼《まなこ》悲しく消《け》ぬらくを見む

※「消なば消ぬがに」消えてしまうばかりに。

あわ雪はけなばけぬがにふりたれば▽まなこ悲しくけぬらくを見ん

腹ばひになりて朱の墨すりしころ七面鳥に泡雪はふりし

はらばいになりてしゅの墨すりしころ▽七面鳥にあわ雪はふりし

ひる日中《ひなか》床の中《なか》より目をひらき何か見つめんと思ほえにけり

ひる日なかとこの中より目をひらき▽なにか見つめんと思ほえにけり

雪のうへ照る日光のかなしみに我がつく息はながかりしかも

雪のうえ照る日光のかなしみに▽わがつく息はながかりしかも

赤電車にまなこ閉づれば遠国《をんごく》へ流れて去《い》なむ
こころ湧きたり

あか電車にまなことずればおんごくへ▽流れていなんこころわきたり

家ゆりてとどろと雪はなだれたり今夜《こよひ》は最早《もはや》
幾時《いくとき》ならむ

家ゆりてとどろと雪はなだれたり○こよいはもはやいくときならん

しんしんと雪ふる最上《もがみ》の上《かみ》の山《やま》弟は無常を感
じたるなり

しんしんと雪ふるもがみのかみの山▽弟は無常を感じたるなり

ひさかたのひかりに濡れて縦《よ》しゑやし弟は無
常を感じたるなり

ひさかたのひかりにぬれて▽よしえやし▽弟は無常を感じたるなり

※「赤電車」終電車。行き先表示に赤い灯りがともった。

※「上の山」茂吉の郷里。そこで旅館を営んでいた弟（高橋四郎兵衛）の若い夫人が危篤になっていた。

※「縦しゑやし」たとい、仮に。ここでは天の光のあかるさとは裏腹に、くらいの意。

電燈の球にたまりしほこり見ゆすなはち雪は
なだれ果てたり

でんとうのたまにたまりしほこり見ゆ○すなわち雪はなだれ果てたり

天霧らし雪ふりてなんぢが妻は細りつつ息《いき》を
つかんとすらし

※「天霧らし」天を霧がおおう（ように）。破調は作者の弟を思う心理の反映である。朗読も破調になる。

あまぎらし雪ふりて○なんじが妻は▽細りつつ息をつかんとすらし

あまつ日に屋上の雪かがやけりしづごころ無
きいまのたまゆら

※「たまゆら」ほんのしばらくの間。一瞬。

あまつ日に屋上の雪かがやけり○しずごころなきいまのたまゆら

しろがねのかがよふ雪に見入りつつ何を求め
むとする心ぞも

しろがねのかがよう雪に見いりつつ▽なにを求めんとする心ぞも

いまわれはひとり言いひたれどもあはれ哀れかかはりはなし

いまわれはひとり言いたれども▽あわれあわれかかわりはなし

家にゐて心せはしく街ゆけば街には女おほくゆくなり

（一月作）

家にいて心せわしくまちゆけば▽まちには女おおくゆくなり

14　墓前

ひつそりと心なやみて水かける松葉ぼたんはきのふ植ゑにし

ひっそりと心なやみて水かける▽まつばぼたんはきのう植えにし

※「ひっそりと」左千夫の墓前。晩年対立していたので秘かに「心悩みて」墓参しているのである。

しらじらと水のなかよりふふみたる水ぐさの花小さかりけり

（八月作）

しらじらと水のなかよりふふみたる▽水ぐさの花ちいさかりけり

※「ふふみたる」つぼみがふくらんだこと。

明治四十五年
大正元年

1　雪ふる日

かりそめに病みつつ居ればうらがなし墓はら
とほく雪つもる見ゆ

かりそめに病みつつおればうらがなし○はかはらとおく雪つもる見ゆ

現身《うつしみ》のわが血脈《けちみやく》のやや細り墓地にしんしんと
雪つもる見ゆ

うつしみのわがけちみゃくのやや細り▽墓地にしんしんと雪つもる見ゆ

あま霧《きら》し雪ふる見れば飯《いひ》をくふ囚人《しうじん》のこころ
われに湧きたり

あまきらし雪ふる見れば▽いいをくうしゅうじんの心▽われにわきたり

※「かりそめに」その時かぎりの、微かな病。

わが庭に鶩《あひる》ら啼きてゐたれども雪こそつもれ
庭もほどろに

わが庭にあひるらなきていたれども▽雪こそつもれ○庭もほどろに

※「ほどろに」まだらなさま（斑）。

ひさかたの天《あめ》の白雪ふりきたり幾とき経ねば
つもりけるかも

ひさかたのあめの白雪ふりきたり○いくときへねばつもりけるかも

枇杷の木の木ぬれに雪のふりつもる心愛憐《あはれ》み
しまらくも見し

びわの木のこぬれに雪のふりつもる▽心あわれみしまらくも見し

※「しまらく」しばらく。

さにはべの百日紅のほそり木に雪のうれひの
しらじらと降る

さにわべのひゃくじつこうのほそりぎに▽雪のうれいのしらじらと降る

天つ雪はだらに降れどさにづらふ心にあらぬ
心にはあらぬ
（十二月作）

あまつ雪はだらに降れど▽さにずらう心にあらぬ○心にはあらぬ

※「さにづらふ」はにかんで頬を染める。

2　宮益坂

荘厳《しやうごん》のをんな欲《ほつ》して走りたるわれのまなこに
高山《たかやま》の見ゆ

しょうごんのおんなほっして走りたる▽われのまなこに高山の見ゆ

※「荘厳」荘厳《そうごん》が重々しく立派なこと、対して「荘厳《しょうごん》」はサンスクリットの訳語で、仏像や仏道の飾りのこと。光背の立つような女性をイメージしたか。

風を引き鼻汁《はな》ながれたる一人男《ひとりを》は駆足をせず
富士の山見けり

かぜをひきはなながれたる一人おは▽かけあしをせず富士の山見けり

これやこの行くもかへるも面《おも》黄なる電車終点
の朝ぼらけかも

これやこのゆくもかえるも▽おもきなる電車終点の朝ぼらけかも

狂者《きやうじや》もり眼鏡《めがね》をかけて朝ぼらけ狂院へゆかず
富士の山見居り

きょうじゃもり眼鏡をかけて▽朝ぼらけきょういんへゆかず富士の山見おり

馬に乗りりくぐん将校きたるなり女難の相か
然《しか》にあらずか

※「女難の相」男が女性との関係で災難を受ける人相。

馬に乗りりくぐん将校きたるなり○じょなんのそうか▽しかにあらずか

向ひには女は居たり青き甕もち童子《どうじ》になにか
いひつけしかも

むかいには女はいたり○青きかめもちどうじになにかいいつけしかも

天竺のほとけの世より女人《をんな》居りこの朝ぼらけをんな行くなり

てんじくのほとけの世より おんなおり ○この朝ぼらけ おんなゆくなり

※「天竺のほとけの世」インドに釈迦が活躍した時代。

雪ひかる三国一の富士山《ふじさん》をくちびる紅き女も見たり

（十二月作）

雪ひかるさんごくいちの 富士山を ▽くちびるあかき 女も見たり

3　折に触れて

くろぐろと円《つぶ》らに熟《う》るる豆柿に小鳥はゆきぬつゆじもはふり

※「つゆじも」秋の末、露が凍って霜となったもの。

くろぐろとつぶらにうるる まめがきに ▽小鳥はゆきぬ ○つゆじもはふり

蔵王山に雪かもふるといひしときはや斑《はだら》なり
といらへけらずや
ざおうさんに雪かもふるといいしとき▽はやはだらなりといらえけらずや
※「いらへけらずや」答えるではないか。

狂者らはPaederastieをなせりけり夜しんしんと
更けがたきかも
きょうじゃらはペダラスティをなせりけり◯夜しんしんとふけがたきかも
※「Paederastie」男色。

ゴオガンの自画像みればみちのくに山蚕《やまこ》殺し
しその日おもほゆ
ゴーガンの自画像みれば▽みちのくにやまこ殺ししその日おもほゆ
※「ゴオガン」フランスの印象派の画家。数奇な人生を送っている。

をりをりは脳解剖書読むことありゆゑ知らに
心つつましくなり
おりおりは脳かいぼう書読むことあり◯ゆえ知らに心つつましくなり

水のうへにしらじらと雪ふりきたり降りきたりつつ消えにけるかも

水のうえにしらじらと雪ふりきたり◯ふりきたりつつ消えにけるかも

身ぬちに重大を感ぜざれども宿直《とのゐ》のよるにうなじ垂れゐし

みぬちに重大を感ぜざれども▽とのいのよるにうなじたれいし

この里《さと》に大山大将住むゆゑにわれの心の嬉しかりけり

（十二月作）

この里に大山たいしょう住むゆえに▽われの心のうれしかりけり

4　青山の鉄砲山

赤き旗けふはのぼらずどんたくの鉄砲山に小
供らが見ゆ

赤き旗きょうはのぼらず○どんたくのてっぽう山にこどもらが見ゆ

※「どんたく」オランダ語で休日。赤き旗の昇っている日は射撃訓練があって、子供たちは近寄れない。

日だまりの中《なか》に同様のうなゐらは皆走りつつ
居たりけるかも

ひだまりの中にどうようのうないらは▽みな走りつついたりけるかも

※「うなゐら」おかっぱ頭や丸坊主の子供たち。

銃丸を土より掘りてよろこべるわらべの側《そば》を
行き過《よ》ぎりけり

じゅうがんを土より掘りてよろこべる▽わらべのそばをゆきよぎりけり

青竹を手に振りながら童子《どうじ》来て何か落ちゐぬ
面《おも》もちをせり

青たけを手にふりながらどうじ来て▽なにか落ちいぬおももちをせり

※「落ちいぬ」おちつかない。「面もち」表情。

ゆふ日とほく金《きん》にひかれば群童は眼《め》つむりて
斜面をころがりにけり

ゆう日とおく金にひかれば▽ぐんどうはめつむりて斜面をころがりにけり

群童が皆ころがれば丘のへの童女《どうぢょ》かなしく笑
ひけるかも

ぐんどうが皆ころがれば▽丘のへのどうじょかなしく笑いけるかも

※「丘のへ」丘の上。「かなしく」天真爛漫に。

いちにんの童子ころがり極まりて空見たるか
な太陽が紅し

いちにんのどうじころがりきわまりて▽空みたるかな○太陽があかし

射的場に細みづ湧きて流れければ童《わらべ》ふたりが水のべに来し
（十月作）

しゃてきばに細みずわきて流れければ▽わらべふたりが水のべにこし

5　ひとりの道

霜ふればほろほろと胡麻《ごま》の黒き実の地《つち》につくなし今わかれなむ

しもふれば▽ほろほろとごまの黒き実のつちにつくなし▽今わかれなん

※「つくなし」地に着くように、の意。

夕凝《ゆふこ》りし露霜ふみて火を恋ひむ一人《ひとり》のゆゑにこころ安けし

夕こりしつゆじもふみて火をこいん○ひとりのゆえにこころやすけし

※「夕凝りし」夕べ冷たく凍った。

ながらふるさ霧のなかに秋花を我《われ》摘まんとす
人に知らゆな

ながらうるさぎりのなかに▽あき花をわれつまんとす○人にしらゆな

※「ながらふる」ながれて止まない。

白雲は湧きたつらむか我《われ》ひとり行かむと思ふ
山のはざまに

しら雲はわきたつらんか○われひとりゆかんと思う▽山のはざまに

※「やまのはざま」山の峡、山と山の間《あいだ》。

神無月空の果てよりきたるとき眼《め》ひらく花は
あはれなるかも

かんなづき空のはてよりきたるとき▽めひらく花はあわれなるかも

※「かんなづき」十月。「眼ひらく」（つつましく）花が咲きだす。

独《ひと》りなれば心安けし谿ゆきてくちびる触れむ
木の実ありけり

ひとりなれば心やすけし○たにゆきてくちびるふれんこの実ありけり

ひかりつつ天《あめ》を流るる星あれど悲しきかもよ
われに向はず

ひかりつつあめを流るる星あれど▽悲しきかもよ◯われにむかわず

行くかたのうら枯るる野に鳥落ちて啼かざり
しかも入日《いりひ》赤きに

※「鳥落ちて」落ちるように沈んで。

ゆくかたのうらがるる野に鳥おちて▽なかざりしかも◯いりひ赤きに

いのち死にてかくろひ果つるけだものを悲し
みにつつ峡《かひ》に入りけり

いのち死にてかくろい果つるけだものを▽悲しみにつつかいに入りけり

みなし児に似たるこころは立ちのぼる白雲に
入りて帰らんとせず

みなしごに似たるこころは▽立ちのぼるしら雲にいりて帰らんとせず

もみぢ斑に照りとほりたる日の光りはざまにわれを動かざらしむ

もみじふに照りとおりたる日の光▽はざまにわれを動かざらしむ

わが歩みここに極まれ雲くだるもみぢ斑のなかに水のみにけり

わが歩みここにきわまれ○雲くだるもみじふのなかに水のみにけり

はるばるも山峡《やまかひ》に来て白樺に触《さや》りて居たり独《ひと》りなりけれ

はるばるも山かいに来て▽しらかばにさやりていたり○ひとりなりけれ

ひさかたの天《あめ》のつゆじもしとしとと独り歩まむ道ほそりたり

（十一月作）

ひさかたのあめのつゆじも▽しとしとと▽ひとりあゆまん道ほそりたり

※「動かざらしむ」（紅葉に感動）陶酔して動けないようにする。

6　葬り火

黄泪余録の一

あらはなる棺《ひつぎ》はひとつかつがれて穏田ばしを今わたりたり

あらわなるひつぎはひとつかつがれて▽おんでんばしを今わたりたり

自殺せし狂者《きやうじや》の棺《くわん》のうしろより眩暈《めまひ》して行けり道に入日《いりひ》あかく

自殺せしきょうじゃのかんのうしろより▽めまいして行けり○道に入り日あかく

陸橋にさしかかるとき兵《へい》来ればば棺《ひつぎ》はしましし地《つち》に置かれぬ

りっきょうにさしかかるとき兵くれば▽ひつぎはしましつちに置かれぬ

※「しまし」しばし、少しの間。

泣きながすわれの涙《なみだ》の黄《き》なりとも人に知らゆ
な悲しきなれば

泣きながすわれの涙のきなりとも▽人に知らゆな○悲しきなれば

※「黄の涙」紅涙（血の涙）と同じく、非常な涙を感覚的、暗示的に言っている。

鴉《からす》らは我《われ》はねむりて居たるらむ狂人《きやうじん》の自殺《じさつ》果
てにけるはや

からすらはわれはねむりていたるらん○狂人の自殺はてにけるはや

死なねばならぬ命《いのち》まもりて看護婦はしろき火
かかぐ狂院のよるに

死なねばならぬ命まもりて▽看護婦はしろき火かかぐ○きょういんのよるに

※「しろき火」あたりをことさら明るく照らす灯。

自《みづか》らのいのち死なんと直《ひた》いそぐ狂人を守《も》りて
火も恋ひねども

みずからのいのち死なんとひたいそぐ▽狂人をもりて火もこいねども

※「火も恋ひねども」灯で明るくしたくない心境。

土のうへに赤棟蛇《やまかがし》遊ばずなりにけり入る日あかあかと草はらに見ゆ

土のうえにやまかがしあそばずなりにけり○いる日あかあかと草はらに見ゆ

歩兵隊代々木《よよぎ》のはらに群れゐしが狂人《きやうじん》のひつぎひとつ行くなり

ほへいたい代々木のはらに群れいしが▽狂人のひつぎひとつゆくなり

赤光《しやくくわう》のなかに浮びて棺《くわん》ひとつ行き遥《はる》けかり野は涯《はて》ならん

※「赤光」夕日の赤。

しゃっこうのなかに浮かびてかんひとつ▽ゆき▽はるけかり○野ははてならん

わが足より汗いでてやや痛みあり靴にたまりし土ほこりかも

わが足より汗いでてややいたみあり○靴にたまりし土ほこりかも

火葬場に細みづ白くにごり来《く》も向《むか》うにひとが米を磨ぎたれば

かそうばに細みず白くにごりくも▽むこうにひとが米をとぎたれば

死はも死はも悲しきものならざらむ目のもとに木の実落つたはやすきかも

死はも死はも悲しきものならざらん○目のもとにこの実おつ○たわやすきかも

両手をばズボンの隠しに入れ居たりおのが身を愛《は》しと思はねどさびし

もろてをばズボンの隠しに入れいたり○おのが身をはしと思わねどさびし

葬《はふ》り火は赤々と立ち燃ゆらんか我がかたはらに男居《を》りけり

はふりびはあかあかと立ち燃ゆらんか○わがかたわらに男おりけり

うそ寒きゆふべなるかも葬り火を守《まも》るをとこが欠伸をしたり

うそ寒きゆうべなるかも○はふりびを守るおとこがあくびをしたり

骨瓶《こつがめ》のひとつを持ちて値《ね》を問へりわが口《くち》は乾くゆふさり来《きた》り

こつがめのひとつを持ちて値をとえり○わが口はかわく▽ゆうさり来たり

※「ゆふさり」夕方になる。

納骨の箱は杉の箱にして骨《こつ》がめは黒くならびたりけり

のうこつの箱は杉の箱にして▽こつがめは黒くならびたりけり

上野《うへの》なる動物園にかささぎは肉食ひゐたりくれなゐの肉を

上野なる動物園に▽かささぎは肉くいいたり○くれないの肉を

※「かささぎ」烏《からす》よりやや小さい鳥。高麗烏。

おのが身しいとほしきかなゆふぐれて眼鏡《めがね》の
ほこり拭ふなりけり

おのがみしいとおしきかな○ゆうぐれて眼鏡のほこりぬぐうなりけり

7　冬来

黄涙余録の二

自殺せる狂者《きやうじや》をあかき火に葬《はふ》りにんげんの世
に戦《をのの》きにけり

自殺せるきょうじゃをあかき火にはふり▽にんげんの世におののきにけり

けだものは食《たべ》もの恋ひて啼き居たり何《なに》といふ
やさしさぞこれは

けだものはたべもの恋いてなきいたり○何というやさしさぞ▽これは

ペリカンの嘴《くちはし》うすら赤くしてねむりけりかたはらの水光《みづひかり》かも

ペリカンのくちはしうすら赤くして▽ねむりけり▽かたわらの水ひかりかも

ひたいそぎ動物園にわれは来《き》たり人のいのちをおそれて来《き》たり

ひたいそぎ動物園にわれは来たり◯人のいのちをおそれて来たり

わが目より涙ながれて居たりけり鶴《つる》のあたまは悲しきものを

わが目より涙ながれていたりけり◯鶴のあたまは悲しきものを

けだもののにほひをかげば悲しくもいのちは明《あか》く息づきにけり

けだもののにおいをかげば悲しくも▽いのちはあかく息づきにけり

支那国《しなこく》のほそき少女《をとめ》の行きなづみ思ひそめにしわれならなくに

支那国のほそきおとめのゆきなずみ▽思いそめにしわれならなくに

※「行きなづみ」通り過ぎかねている。

さけび啼くけだものの辺《べ》に潜《ひそ》みゐて赤き葬《はふ》りの火こそ思へれ

さけびなくけだもののべにひそみいて▽赤きはふりの火こそ思えれ

鰐の子も居たりけりみづからの命死なんとせずこの鰐の子は

わにの子もいたりけり○みずからの命死なんとせず▽このわにの子は

くれなゐの鶴のあたまを見るゆゑに狂人守《きやうじんもり》をかなしみにけり

くれないの鶴のあたまを見るゆえに▽きょうじんもりをかなしみにけり

はしきやし暁星学校の少年の頬《ほほ》は赤羅ひきて
冬さりにけり

はしきやしぎょうせい学校の少年の▽ほほは赤らひきて冬さりにけり

※「はしきやし」賢く愛しい。

泥いろの山椒魚は生きんとし見つつしをれば
しづかなるかも

どろいろのさんしょううおは生きんとし▽見つつしおればしずかなるかも

※「山椒魚」尾のある両棲類。日本固有種。

除隊兵写真をもちて電車に乗りひんがしの天《あめ》
明けて寒しも

じょたい兵写真をもちて電車に乗り▽ひんがしのあめ▽あけて寒しも

はるかなる南のみづに生れたる鳥ここにゐて
なに欲《ほ》しみ啼く

はるかなる南のみずに生まれたる▽鳥ここにいてなにほしみなく

※「みづに生れたる鳥」水鳥。

8　柿乃村人へ

黄涙余録の三

この夜ごろ眠られなくに心すら細らんとして告げやらましを

このよごろ眠られなくに▽心すら細らんとして告げやらましを

たのまれし狂者《きやうじや》はつひに自殺せりわれ現《うつつ》なく走りけるかも

たのまれしきょうじゃはついに自殺せり◯われうつつなく走りけるかも

友のかほ青ざめてわれにもの云はず今は如何なる世の相《すがた》かや

友のかお青ざめてわれにものいわず◯今はいかなる世のすがたかや

※「柿乃村人」友人島木赤彦。

おのが身はいとほしければ赤棟蛇も潜みたる
なり土の中《なか》ふかく

おのが身はいとおしければ▽やまかがしもひそみたるなり○土の中ふかく

※「世の色相」世間の種々相。

世の色相《いろ》のかたはらにゐて狂者もり黄なる涙
は湧きいでにけり

世のいろのかたわらにいて○きょうじゃもり▽黄なる涙はわきいでにけり

※「甲はん」自分を守るために他を寄せ付けない態度をとろうとして。「うつつともなし」必至、夢中であること。

やはらかに弱きいのちもくろぐろと甲《よろ》はんと
してうつつともなし

やわらかに弱きいのちも▽くろぐろとよろわんとして▽うつつともなし

寒ぞらに星ゐたりけりうらがなしわが狂院を
ここに立ち見つ

さむぞらに星いたりけり○うらがなし▽わがきょういんをここに立ち見つ

かの岡に瘋癲院のたちたるは邪宗来《じやしゆうらい》より悲し
かるらむ

かの岡にふうてん院のたちたるは▽じゃしゅうらいより悲しかるらん

みやこにも冬さりにけり茜《あかね》さす日向《ひなた》のなかに
髭剃りて居《ゐ》る

みやこにも冬さりにけり○あかねさす日なたのなかにひげそりている

遠国《をんごく》へ行かば剃刀《かみそり》のひかりさへ馴れて親《した》しと
いへば嘆《なげ》かゆ　（十一月作）

おんごくへゆかばかみそりのひかりさえ▽なれて親しといえばなげかゆ

※「瘋癲院」精神病院。「邪宗来」異教の渡来、キリシタンバテレンの渡来を言う。

9　郊外の半日

今しがた赤くなりて女中を叱りしが郊外に来て寒《さむ》けをおぼゆ

今しがた赤くなりて女中を▽しかりしが▽こうがいに来て寒けをおぼゆ

郊外はちらりほらりと人行きてわが息づきは和《なご》むとすらん

こうがいはちらりほらりと人ゆきて▽わが息づきはなごむとすらん

郊外に未《いま》だ落ちゐぬこころもて蝗蝂《ばつた》にぎれば冷《つめ》たきものを

こうがいにいまだ落ちいぬこころもて▽ばったにぎれば冷たきものを

秋のかぜ吹きてゐたれば遠《をち》かたの薄《すすき》のなかに
曼珠沙華赤し

秋のかぜ吹きていたれば▽おちかたのすすきのなかにまんじゅしゃげ赤し

ふた本の松立てりけり下かげに曼珠沙華赤し
秋かぜが吹き

ふたもとの松たてりけり◯下かげにまんじゅしゃげ赤し▽秋かぜが吹き

いちめんの唐辛子畑に秋のかぜ天《あめ》より吹きて
鴉《からす》おりたつ

いちめんのとうがらしばたに▽秋のかぜあめより吹きて▽からすおりたつ

いちめんに唐辛子あかき畑みちに立てる童《わらべ》の
まなこ小さし

いちめんにとうがらしあかき畑みちに▽立てるわらべのまなこちいさし

曼珠沙華咲けるところゆ相むれて現身《うつしみ》に似ぬ囚人は出づ

まんじゅしゃげ咲けるところゆあいむれて▽うつしみに似ぬしゅうじんはいず

草の実はこぼれんとして居たりけりわが足元《あしもと》の日の光かも

草の実はこぼれんとしていたりけり○わが足元の日の光かも

赭土《はに》はこぶ囚人《しうじん》の眼《め》の光るころ茜さす日は傾きにけり

はにはこぶ囚人の眼の光るころ▽あかねさす日はかたむきにけり

※「赭土」労役として赤土を運んでいる。

トロッコを押す一人《いちにん》の囚人はくちびる赤し我《われ》をば見たり

トロッコを押すいちにんの囚人は▽くちびる赤し○われをば見たり

片方《かたほう》に松二もとは立てりしが囚はれ人《びと》は其処《そこ》を通りぬ

かたほうに松ふたもとは立てりしが▽とらわれびとはそこを通りぬ

秋づきて小さく結《な》りし茄子の果を籠《こ》に盛る家の日向に蠅居り

秋づきて小さくなりしなすのみを▽こに盛るいえのひなたにはえおり

女のわらは入日のなかに両手《もろて》もて籠《こ》に盛る茄子のか黒きひかり

めのわらわ入日のなかにもろてもて▽こに盛るなすのか黒きひかり

※「女のわらは」女児。

天伝《あまつた》ふ日は傾きてかくろへば栗煮る家にわれいそぐなり

あまつたう日はかたむきてかくろえば▽くり煮る家にわれいそぐなり

いとまなきわれ郊外にゆふぐれて栗飯食《を》せば悲しこよなし

いとまなきわれこうがいにゆうぐれて▽くりめしおせば悲しこよなし

※「こよなし」格段に、この上ない。

コスモスの闇にゆらげばわが少女《をとめ》天の戸に残る光を見つつ

（十月作）

コスモスのやみにゆらげば▽わがおとめ▽あめのとに残るひかりを見つつ

※「天の戸」空の彼方。

10　海辺にて

真夏の日てりかがよへり渚にはくれなゐの玉ぬれてゐるかな

真夏の日てりかがよえり○なぎさにはくれないの玉ぬれているかな

海の香は山の彼方に生《うま》れたるわれのこころにこよなしかしも

海のかは○山のかなたに生まれたる▽われのこころにこよなしかしも

※「かしも」「かし」は強意の助詞、「も」は詠嘆。この上ないことだ。

七夜《ななよ》寝て珠ゐる海の香をかげば哀れなるかもこの香いとほし

ななよ寝てたまいる海のかをかげば▽あわれなるかも○このかいとおし

※「珠ゐる」玉が生き生きしているような（海の香）。

白なみの寄するなぎさに林檎食《は》む異国をみなはやや老いにけり

しらなみの寄するなぎさにりんごはむ▽いこくおみなはやや老いにけり

あぶらなす真夏のうみに落つる日の八尺《やさか》の紅《あけ》のゆらゆらに見ゆ

あぶらなす真夏のうみに落つる日の▽やさかのあけのゆらゆらに見ゆ

※「八尺の」長いこと、夕日の光が海に赤く映っている。

きこゆるは悲しきさざれうち浸《ひた》す潮波《うしほなみ》とどろ
湧きたるならむ

きこゆるは▽悲しきさざれうちひたす▽うしお波とどろわきたるならん

うしほ波鳴りこそきたれ海恋ひてここに寝《ぬ》る
吾《われ》に鳴りてこそ来《く》れ

うしお波なりこそきたれ○海恋いてここにぬるわれに鳴りてこそくれ

もも鳥はいまだは啼かね海《わた》のなか黒光りして
明けくるらむか

ももとりはいまだはなかね▽わたのなか黒びかりして明けくるらんか

岩かげに海ぐさふみて玉ひろふくれなゐの玉
むらさき斑《ふ》のたま

岩かげに海ぐさふみて玉ひろう○くれないのたま▽むらさきふのたま

海の香はこよなく悲し珠ひろふわれのこころ
に染《し》みてこそ寄れ

海のかはこよなく悲し○たまひろうわれのこころに染みてこそよれ

※「桜実」普通の桜のみ。

桜実《さくらご》の落ちてありやと見るまでに赤き珠住む
岩かげを来し

桜ごの落ちてありやと見るまでに▽赤きたますむ岩かげをこし

ながれ寄る沖つ藻見ればみちのくの春野小草
に似てを悲しも

ながれ寄るおきつも見れば▽みちのくの春のおぐさに似てを悲しも

荒磯《ありそ》べに歎《なげ》くともなき蟹の子の常《とこ》くれなゐに
見ゆらむあはれ

ありそべになげくともなきかにの子の▽とこくれないに見ゆらんあわれ

かすかなる命《いのち》をもちて海つもの美《うつく》しくゐる荒《あり》
磯《そ》なるかな

かすかなる命をもちて▽海つもの美しくいるありそなるかな

※「海つもの」うみのもの。

いささかの潮のたまりに赤きもの生きて居《ゐ》た
れば嬉しむかな

いささかのしおのたまりに▽赤きもの生きていたれば▽うれしむかな

荒磯べに波見てをればわが血なし瞬《また》きの間《ひま》も
かなしかりけり

ありそべになみ見ておれば▽わが血なし○またたきのひまもかなしかりけり

海のべに紅毛《こうまう》の子の走りたるこのやさしさに
我《われ》かへるなり

※「紅毛の子」茶色の髪の欧米人の子供。

海のべにこうもうの子の走りたる▽このやさしさにわれかえるなり

かぎろひの夕なぎ海に小舟入れ西方《さいほう》のひとは
ゆきにけるはも

※「かぎろひの」「夕べ」にかかる枕詞。
「西方の人」西洋人。

かぎろいの夕なぎ海にこぶねいれ▽さいほうのひとはゆきにけるはも

くれなゐの三角の帆がゆふ海に遠ざかりゆく
ゆらぎ見えずも

くれないの三角のほが▽ゆう海に遠ざかりゆく▽ゆらぎ見えずも

月ほそく入りなんとする海の上ここよ遥けく
舟なかりけり

※「ここよ」ここより。

月ほそく入りなんとする海の上▽ここよはるけく舟なかりけり

ぬば玉のさ夜ふけにして波の穂の青く光れば
恋しきものを

ぬばたまのさよふけにして▽波のほの青く光れば恋しきものを

※「虎斑魚の子」とらふぐの子。

けふもまた岩かげに来つ靡き藻に虎斑魚《とらふ》の子
かくろへる見ゆ

きょうもまた岩かげにきつ○なびきもにとらふうおの子かくろえる見ゆ

しほ鳴《なり》のゆくへ悲しと海のべに幾夜か寝つる
この海のべに

しおなりのゆくえ悲しと▽海のべにいくよか寝つる▽この海のべに

11　狂人守

うけもちの狂人《きやうじん》も幾たりか死にゆきて折《をり》をり
あはれを感ずるかな

うけもちのきょうじんもいくたりか死にゆきて▽おりおりあわれを感ずるかな

かすかなるあはれなる相《すがた》ありこれの相《すがた》に親しみにけり

かすかなるあわれなるすがたあり○これのすがたに親しみにけり

くれなゐの百日紅は咲きぬれど此《この》きやうじんはもの云はずけり

くれないのひゃくじつこうは咲きぬれど▽このきょうじんはもの言わずけり

としわかき狂人《きやうじん》守《も》りのかなしみは通草の花の散らふかなしみ

としわかき狂人もりのかなしみは▽あけびの花のちろうかなしみ

気のふれし支那のをみなに寄り添ひて花は紅しと云ひにけるかな

気のふれし支那のおみなにより添いて▽花はあかしといいにけるかな

このゆふべ脳病院の二階より墓地《ぼち》見ればば花も見えにけるかな

このゆうべのう病院の二階より▽墓地みれば花も見えにけるかな

ゆふされば青くたまりし墓みづに食血餓鬼《じきけつがき》は鳴きかゐるらむ

※「食血餓鬼」蚋《ぶと》のこと。

ゆうされば▽青くたまりし墓みずに▽じきけつがきは鳴きかいるらん

あはれなる百日紅の下かげに人力車《じんりき》ひとつ見えにけるかな

（九月作）

あわれなるひゃくじつこうの下かげに▽じんりきひとつ見えにけるかな

12　土屋文明へ

おのが身をあはれとおもひ山みづに涙を落す
人居たりけり

おのが身をあわれとおもい▽山みずに涙を落す人いたりけり

ものみなの饐《す》ゆるがごとき空恋ひて鳴かねば
ならぬ蟬のこゑ聞《きこ》ゆ

ものみなのすゆるがごとき空恋いて▽鳴かねばならぬ蟬のこえ聞こゆ

もの書かむと考へゐたれ耳ちかく蜩なけばあ
はれにきこゆ

ものかかんと考えいたれ○耳ちかくひぐらしなけばあわれにきこゆ

夕さればむらがりて来る油むし汗あえにつつ
殺すなりけり

夕さればむらがりて来るあぶらむし▽汗あえにつつ殺すなりけり

かかる時菴羅《あんら》の果をも恋ひたらば心落居むと
おもふ悲しみ

かかるときあんらのみをも恋いたらば▽心おちいんとおもう悲しみ

※「菴羅の果」マンゴウの実。

むらさきの桔梗のつぼみ割りたれば蕊《しべ》あらは
れてにくからなくに

むらさきのききょうのつぼみ割りたれば▽しべあらわれてにくからなくに

秋ぐさの花さきにけり幾朝をみづ遣りしかと
おもほゆるかも

秋ぐさの花さきにけり◯いく朝をみずやりしかとおもほゆるかも

ひむがしのみやこの市路ひとつのみ朝草ぐるま行けるさびしも

（七月作）

ひんがしのみやこのいちじ▽ひとつのみ朝草ぐるまゆけるさびしも

※「朝草ぐるま」朝の草を刈ってそれを積んでいる荷車。朝の草は牛馬の飼料として大切にされた。

13　夏の夜空

墓原に来て夜空《よぞら》見つ目のきはみ澄み透りたるこの夜空かな

はかはらにきて夜空みつ○目のきわみすみとおりたるこの夜空かな

なやましき真夏なれども天《あめ》なれば夜空《よぞら》は悲しうつくしく見ゆ

なやましき真夏なれども▽あめなれば夜空は悲し○うつくしく見ゆ

きやう人《じん》を守《も》りつつ住めば星のゐる夜ぞらも
久《ひさ》に見ずて経にけり

きょうじんをもりつつ住めば▽星のいる夜ぞらもひさに見ずてへにけり

目をあげてきよき天《あま》の原《はら》見しかども遠《とほ》の珍《めづら》の
ここちこそすれ

※「遠の珍のここち」現世と遠く離れているような感じ。

目をあげてきよきあまのはら見しかども▽とおのめずらのここちこそすれ

ひさびさに夜空を見ればあはれなるかな星群
れてかがやきにけり

ひさびさに夜空を見れば▽あわれなる▽かな▽星むれてかがやきにけり

空見ればあまた星居りしかれども弥々《いよいよ》とほく
ひかりつつ見ゆ

そら見ればあまた星おり▽しかれども▽いよいよとおくひかりつつ見ゆ

汗ながれてちまたの長路《ながぢ》ゆくゆゑにかうべ垂れつつ行けるなりけり

汗ながれてちまたのながじゆくゆえに▽こうべたれつつゆけるなりけり

久ひさに星ぞらを見て居《を》りしかばおのれ親しくなりてくるかも　（七月作）

久ひさに星ぞらを見ておりしかば▽おのれ親しくなりてくるかも

14　折々の歌

とろとろとあかき落葉火もえしかば女《め》の男《を》の童《わらは》をどりけるかも

とろとろとあかき落葉ひもえしかば▽めのおのわらわおどりけるかも

雨ひと夜さむき朝けを目の下《もと》の死なねばならぬ鳥見て立てり

雨ひと夜さむきあさけを▽目のもとの死なねばならぬ鳥みて立てり

をんな寝《ぬ》る街の悲しきひそみ土ここに白霜は消えそめにけり

※「ひそみ土」花街の入り組んだ道。

おんなぬる街の悲しきひそみつち▽ここにしろ霜は消えそめにけり

猫の舌のうすらに紅き手の触《ふ》りのこの悲しさに目ざめけるかも

猫のしたのうすらにあかき手のふりの▽この悲しさに目ざめけるかも

ほのかなる茗荷の花を見守《みも》る時わが思ふ子ははるかなるかも

ほのかなるみょうがの花をみもる時▽わが思う子ははるかなるかも

をさな児の遊びにも似し我《あ》がけふも夕かたまけてひもじかりけり

（研究室二首）

おさなごの遊びにも似しあがきょうも▽夕かたまけてひもじかりけり

※「ひもじ」空腹。精神的な空腹も含んでいる。

屈《かが》まりて脳の切片《せっぺん》を染《そ》めながら通草《あけび》のはなをおもふなりけり

かがまりて脳のせっぺんを染めながら▽あけびのはなをおもうなりけり

みちのくの我家《わぎへ》の里に黒き蚕《こ》が二たびねぶり目ざめけらしも

（故郷三首）

みちのくのわぎえの里に黒きこが▽ふたたびねぶり目ざめけらしも

みちのくに病む母上にいささかの胡瓜《きうり》を送る障《さは》りあらすな

みちのくにやむ母うえに▽いささかのキュウリを送る▽さわりあらすな

おきなぐさに唇《くちびる》ふれて帰りしがあはれあはれ
いま思ひ出でつも

おきなぐさにくちびるふれて帰りしが▽あわれあわれいま思いいでつも

曼珠沙華ここにも咲きてきその夜のひと夜の
相《すがた》あらはれにけり

まんじゅしゃげここにも咲きて▽きぞの夜のひと夜のすがたあらわれにけり

秋に入る練兵場のみづたまりに小蜻蛉《こあきつ》が卵を
生みて居りけり

秋に入るれんぺいじょうのみずたまりに▽こあきつが卵を生みておりけり

現身《うつしみ》のわれをめぐりてつるみたる赤き蜻蛉《とんぼ》が
幾つも飛べり

うつしみのわれをめぐりて▽つるみたる赤きとんぼがいくつも飛べり

※「つるみたる」交尾しつながっていること。

酒の粕あぶりて室《むろ》に食《は》むこころ腎虚《じんきよ》のくすり
尋ねゆくこころ

酒のかすあぶりてむろにはむこころ▽じんきょのくすり尋ねゆくこころ

※「腎虚のくすり」漢方で、腎気（精力）欠乏に起因する病症を補う薬。

けふもまた向ひの岡に人あまた群れゐて人を
葬《はふ》りたるかな

きょうもまたむかいの岡に人あまたむれいて▽人をはふりたるかな

何ぞもとのぞき見しかば弟妹《いろと》らは亀に酒をば
飲ませてゐたり

なんぞもとのぞき見しかば▽いろとらは▽亀に酒をば飲ませていたり

太陽はかくろひしより海のうへ天《あめ》の血垂《ちた》りの
こころよろしき

※「天の血垂り」海上の茜雲。

太陽はかくろいしより海のうえ▽あめのちたりのこころよろしき

狂院に寝てをれば夜は温《ぬ》るし我《あ》に触るるなし
蟾蜍《ひき》は啼きたり

きょういんに寝ておれば夜はぬるし○あにふるるなし▽ひきはなきたり

伽羅ぼくに伽羅の果こもりくろき猫ほそりて
あゆむ夏のいぶきに

きゃらぼくにきゃらのみこもり▽くろき猫ほそりてあゆむ○夏のいぶきに

蛇の子はぬば玉いろに生《あ》れたれば石の間《ひま》にも
かくろひぬらむ

へびの子はぬばたまいろにあれたれば▽石のひまにもかくろいぬらん

ほそき雨墓原に降りぬれてゆく黒土に煙草の
吸殻を投ぐ

ほそき雨はかはらに降り▽ぬれてゆく黒つちにたばこのすいがらを投ぐ

墓はらを白足袋はきて行けるひと遠く小さく悲しかりけり

はかはらを白たびはきてゆけるひと▽遠く小さく悲しかりけり

萱草《くわんざう》をかなしと見つる眼にいまは雨にぬれて行く兵隊が見ゆ

かんぞうをかなしと見つるめにいまは▽雨にぬれてゆく兵隊が見ゆ

墓はらを歩み来にけり蛇の子を見むと来つれど春あさみかな

はかはらを歩みきにけり◯へびの子を見んときつれど春あさみかな

病院をいでて墓原かげの土踏めば何《なに》になごみ来しあが心ぞも

※「あが心」わがこころ。

病院をいでて▽はかはらかげの土▽ふめば何になごみこしあが心ぞも

松風の吹き居《ゐ》るところくれなゐの提灯つけて分け入りにけり

松風の吹きいるところ▽くれないのちょうちんつけて分け入りにけり

15　さみだれ

さみだれは何《なに》に降りくる梅の実は熟《う》みて落つらむこのさみだれに

※「さみだれ」梅雨の雨。

さみだれは何に降りくる◯梅の実はうみて落つらん▽このさみだれに

にはとりの卵の黄味の乱れゆくさみだれごろのあぢきなきかな

にわとりの卵のきみの乱れゆく▽さみだれごろのあじきなきかな

胡頽子《ぐみ》の果のあかき色ほに出づるゆゑ秀《ほ》に出づるゆゑに歎かひにけり
（おくにを憶ふ）

ぐみのみのあかき色▽ほにいずるゆえ▽ほにいずるゆえになげかいにけり

※「ほ・秀」「穂」と同源。グミの木の梢、実《み》は表面に現れる。

ぬば玉のさ夜の小床にねむりたるこの現身《うつしみ》はいとほしきかな

ぬば玉のさよのおどこにねむりたる▽このうつしみはいとおしきかな

しづかなる女おもひてねむりたるこの現身はいとほしきかな

しずかなるおみな思いてねむりたる▽このうつしみはいとおしきかな

鳥の子の鰕《すもり》に果てむこの心もののあはれと云はまくは憂し

とりの子のすもりにはてんこの心▽もののあわれといわまくはうし

※「鰕」孵化しないまま巣にある卵。

あが友の古泉千樫は貧しけれさみだれの中を
あゆみゐたりき

あがとものこいずみちかしは貧しけれ○さみだれの中をあゆみいたりき

けふもまた雨かとひとりごちながら三州味噌
をあぶりて食《は》むも

（六月作）

※「三州味噌」愛知県岡崎産の味噌、八丁味噌。

きょうもまた雨かとひとりごちながら▽さんしゅう味噌をあぶりてはむも

16　両国

肉太《ししぶと》の相撲《すもう》とりこそかなしけれ赤き入り日に
目《ま》かげをしたり

※「目かげ（目蔭）」手をかざして日差しを遮ること。

ししぶとの相撲とりこそかなしけれ○赤きいり日にまかげをしたり

川向《かはむかう》の金の入日をいまさらに今さらさらに我も見入りつ

かわむこうの金のいり日をいまさらに▽今さらさらにわれも見いりつ

猿の肉ひさげる家に灯《ひ》がつきてわが寂しさは極まりにけり

さるの肉ひさげる家に灯がつきて▽わが寂しさはきわまりにけり

猿の面《おも》いと赤くして殺されにけり両国ばしを渡り来て見つ

さるのおもいと赤くして殺されにけり○両国ばしを渡りきて見つ

きな臭《くさ》き火縄おもほゆ薬種屋に亀の甲羅のぶらさがり見ゆ

きなくさきひなわおもほゆ○やくしゅ屋に亀のこうらのぶらさがり見ゆ

※「火縄」硝石を吸収させた木綿などの縄、これに火をつけて置き、火縄銃、たばこの火などに使った。「薬種屋」薬の調合販売する家。薬の材料も置いた。

笛鳴ればかかれとてしもぬば玉の夜《よ》の灯《ひ》ともりて舟ゆきにけり

笛なればかかれとてしも▽ぬば玉の夜の灯ともりて舟ゆきにけり

冬河の波にさやりてのぼる舟橋のべに来て帆を下ろしつつ

※「さやる」さまたげる、さからう。

冬かわの波にさやりてのぼる舟▽橋のべにきて帆をおろしつつ

あかき面安らかに垂れ稚《をさ》な猿死にてし居れば灯《ひ》があたりたり

（一月作）

あかきおも安らかにたれ▽おさなさる死にてしおれば灯があたりたり

17　犬の長鳴

よる深くふと握飯《にぎりめし》食ひたくなり握《にぎり》めし食ひぬ
寒がりにつつ

よる深くふとにぎりめし食いたくなり▽にぎりめし食いぬ○寒がりにつつ

わが体《からだ》ねむらむとしてゐたるとき外《そと》はこがら
しの行くおときこゆ

わがからだねむらんとしていたるとき▽外はこがらしのゆくおときこゆ

遠く遠く流るるならむ灯《ひ》をゆりて冬の疾風《はやち》は
行きにけるかも

遠く遠く流るるならん○灯をゆりて冬のはやちは行きにけるかも

長鳴くはかの犬族《けんぞく》のなが鳴くは遠街《をんがい》にして火は燃えにけり

ながなくは▽かのけんぞくのながなくは▽おんがいにして火は燃えにけり

さ夜ふけと夜の更けにける暗黒《あんこく》にびようびようと犬は鳴くにあらずや

さよふけとよのふけにける暗黒に▽びょうびょうと犬はなくにあらずや

たちのぼる炎《ほのほ》のにほひ一天《ひとあめ》を離《さか》りて犬は感じけるはや

たちのぼる炎のにおい▽ひとあめをさかりて犬は感じけるはや

※「一天を離りて」一つ空を越えて、つまり遠く離れて。

夜《よ》の底をからくれなゐに燃ゆる火の天《あめ》に輝《て》りたれ長鳴《ながなき》きこゆ

夜のそこをからくれないに燃ゆる火の▽あめにてりたれ◯ながなききこゆ

※「からくれなゐ」韓から渡来した深紅。

生けるものうつつに生ける獣《けだもの》はくれなゐの火に長鳴きにけり

（二月作）

生けるもの▽うつつに生けるけだものは▽くれないの火にながき鳴きにけり

18　木こり

羽前国高湯村

常赤《とこあか》く火をし焚《た》かんと現《うつ》し身《み》は木原《きはら》へのぼるこころのひかり

※「常赤く」永遠に赤く。

とこあかく火をしたかんと▽うつしみは木原へのぼる○こころのひかり

山腹《やまはら》の木はらのなかへ堅凝《かたこ》りのかがよふ雪を踏みのぼるなり

やまはらの木はらのなかへ▽かたこりのかがよう雪をふみのぼるなり

天《てん》のもと光にむかふ楢木《ならき》はら伐《こ》らんとぞする
男とをんな

天のもと光にむかうなら木はら▽こらんとぞする▽おとことおんな

をとこ群《む》れをんなは群《む》れてひさかたの天《てん》の下
びに木を伐《き》りにけり

おとこ群れおんなは群れて▽ひさかたのてんのしたびに木をきりにけり

さんらんと光《ひかり》のなかに木伐《きこ》りつつにんげんの
歌うたひけるかも

さんらんと光のなかに木こりつつ▽にんげんの歌うたいけるかも

※「にんげんの歌」四首後に出てくる「小夜床の陰のかなしさ」の歌。人間の根源的な姿をこの作者は愛した。

ゆらゆらと空気を揺《ゆ》りて伐《き》られたりけり斧の
ひかれば大木《おほき》ひともと

ゆらゆらと空気をゆりて▽きられたりけり○おののひかれば大木ひともと

山上《さんじやう》に雲こそ居《ゐ》たれ斧《をの》ふりてやまがつの目は
かがやきにけり

さんじょうに雲こそいたれ○おのふりてやまがつの目はかがやきにけり

※「やまがつ」山で生活する樵《きこり》など。

うつそみの人のもろもろは生《い》きんとし天然《てんねん》の
なかに斧ふり行くも

うつそみの人のもろもろは生きんとし▽天然のなかにおのふりゆくも

※「うつそみ」（現人）「うつしみ」と同じ。この世に今生存する人。

斧ふりて木《き》を伐《こ》るそばに小夜床《さよどこ》の陰《ほと》のかなし
さ歌ひてゐたり

おのふりて木をこるそばに▽さよどこの▽ほとのかなしさ歌いていたり

※「陰」男女の陰部、卑猥な歌だが、作者は生命の自然としてむしろ好意的に聞いている。

もろともに男の面《おも》の赤赤と小雀《こがら》もゐつつ山み
づの鳴る

もろともに男のおものあかあかと▽こがらもいつつ山みずのなる

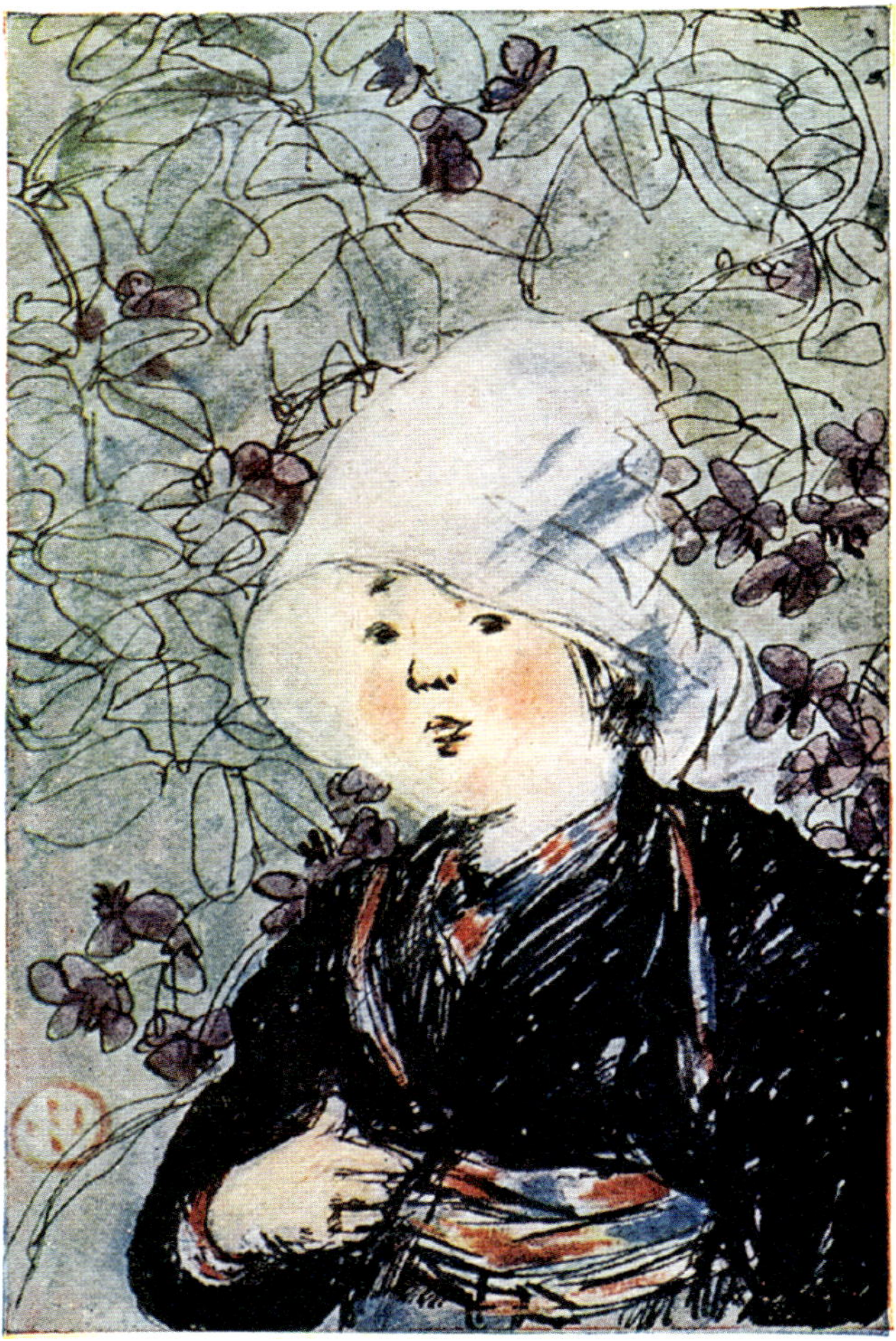

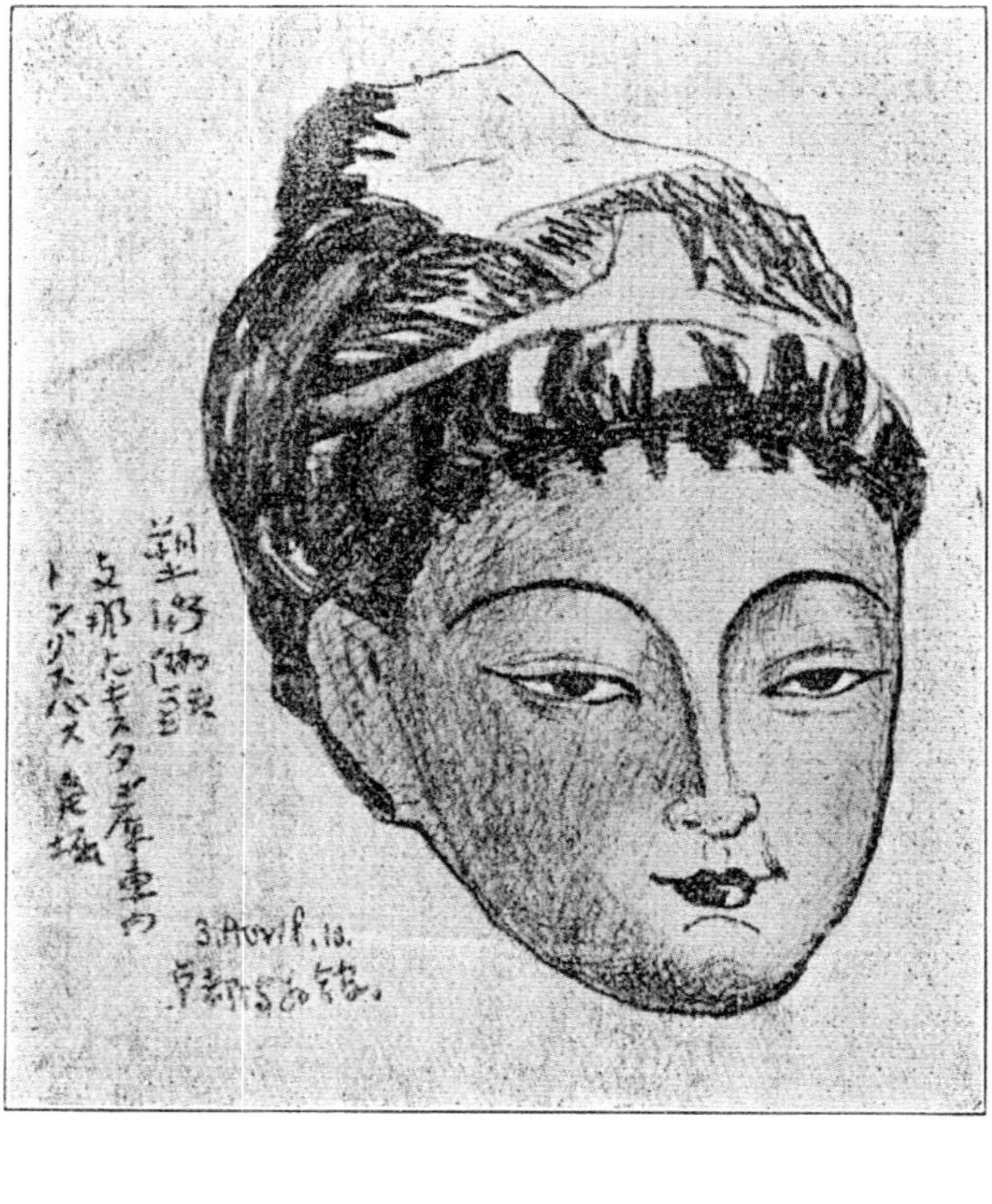
3. Avril. 13.

雪のうへ行けるをんなは堅飯《かたいひ》と赤子《あかご》を背負ひ
うたひて行けり

雪のうえゆけるおんなは▽かたいいとあかごを背負い▽うたいてゆけり

雪のべに火がとろとろと燃えぬれば赤子《あかご》は乳《ちち》
をのみそめにけり

雪のべに火がとろとろと燃えぬれば▽あかごは乳をのみそめにけり

うち日さす都《みやこ》をいでてほそりたる我《われ》のこころ
を見んとおもへや

うち日さす都をいでてほそりたる▽われのこころを見んとおもえや

※「うち日さす」枕詞、「宮」「都」にかかる。

杉の樹の肌《はだへ》に寄ればあな悲《かな》し　くれなゐの油《あぶら》
滲み出《いづ》るかなや

杉のきのはだえによればあな悲し○くれないの油にじみいずるかなや

はるばるも来つれこころは杉の樹の紅《あけ》の油に
寄りてなげかふ

はるばるもきつれ▽こころは杉のきのあけの油によりてなげかう

遠天《をんてん》に雪かがやけば木原なる大鋸《おおが》くづ越えて
小便をせり

おんてんに雪かがやけばきはらなる▽おがくず越えてしょうべんをせり

みちのくの蔵王《ざわう》の山のやま腹にけだものと人
と生きにけるかも

（二月作）

みちのくのざおうの山のやまはらに▽けだものと人と生きにけるかも

19　木の実

しろがねの雪ふる山に人かよふ細ほそとして
路見ゆるかな

しろがねの雪ふる山に人かよう▽ほそほそとしてみち見ゆるかな

赤茄子の腐れてゐたるところより幾程《いくほど》もなき
歩みなりけり

※「赤茄子」とまと。

あかなすのくされていたるところより▽いくほどもなき歩みなりけり

満ち足らふ心にあらぬ　谷つべに酢《す》をふける
木の実を食《は》むこころかな

みちたらう心にあらぬ○谷つべに▽すをふけるこの実をはむこころかな

山とほく入りても見なむうら悲しうら悲しと
ぞ人いふらむか

山とおく入りても見なん○うら悲し▽うら悲しとぞ人いうらんか

紅蕈《べにたけ》の雨にぬれゆくあはれさを人に知らえず
見つつ来にけり

べにたけの雨にぬれゆくあわれさを▽人に知らえず見つつきにけり

山ふかく谿の石原《いしはら》しらじらと見え来《く》るほどの
いとほしみかな

山ふかくたにの石原しらじらと▽見え来るほどのいとおしみかな

かうべ垂れ我《あ》がゆく道にぽたりぽたり橡《とち》の木
の実は落ちにけらずや

こうべたれあがゆく道に▽ぽたりぽたりとちのこの実は落ちにけらずや

ひとり居《ゐ》て朝の飯《いひ》食む我《あ》が命は短かからむと
思《も》ひて飯はむ　（一月作）

ひとりいて朝のいいはむ▽あがいのちはみじかからんともいていいはむ

※「睦岡山中」アララギ創刊者蕨眞の居住地、現千葉県山武市睦岡。

20　睦岡山中

寒《さむ》ざむとゆふぐれて来る山のみち歩めば路は
濕れてゐるかな

寒ざむとゆうぐれて来る山のみち▽歩めばみちはぬれているかな

山ふかき落葉のなかに夕《ゆふ》のみづ天《てん》より降《ふ》りて
ひかり居りけり

山ふかきおちばのなかに▽夕のみず天よりふりてひかりおりけり

何ものの眼《まなこ》のごときひかりみづ山の木はらに
動かざるかも

何もののまなこのごときひかりみず▽山のきはらに動かざるかも

現し身の瞳《ひとみ》かなしく見入りぬる水はするどく
寒くひかれり

うつしみの瞳かなしく見いりぬる▽水はするどく寒くひかれり

都会のどよみをとほくこの水に口触れまくは
悲しかるらむ

都会のどよみをとおくこの水に▽口ふれまくは悲しかるらん

天さかる鄙《ひな》の山路にけだものの足跡《あしあと》を見れば
こころよろしき

あまさかるひなの山じに▽けだものの足跡を見ればこころよろしき

※「天さかる」普通「天ざかる」、枕詞で「向ふ」「鄙」にかかる。

なげきより覚《さ》めて歩める山峡《やまかひ》に黒き木の実は
こぼれ腐りぬ

なげきよりさめて歩めるやまかいに▽黒きこの実はこぼれくさりぬ

寂しさに堪へて空しき我《あ》が肌に何《なに》か触れて来《こ》
悲しかるもの

寂しさにたえてむなしきあがはだに▽何かふれてこ悲しかるもの

ふゆ山にひそみて玉のあかき実を啄《ついば》みてゐる
鳥見つ今は

ふゆ山にひそみてたまのあかき実を▽ついばみている鳥みつ〇今は

風おこる木《き》原《はら》をとほく入りつ日の赤き光りは
ふるひ流るも

風おこる木原をとおく▽いりつ日の赤き光りはふるいながるも

※「ふるひ流るも」揺れる枝々から日が漏れてくる。

赤光《しやくくわう》のなかの歩みはひそか夜の細きかほそき
ゆめごころかな　（一月作）

赤光のなかの歩みは▽ひそかよの細きかほそきゆめごころかな

21　或る夜

くれなゐの鉛筆きりてたまゆらは慎《つつま》しきかな
われのこころの

くれないのえんぴつきりて▽たまゆらはつつましきかな▽われのこころの

をさな妻をとめとなりて幾百日《いくももか》こよひも最早《もはや》
眠りゐるらむ

おさな妻おとめとなりて▽いくももか▽こよいももはや眠りいるらん

※「をさな妻」作者茂吉は二十三歳の時養父の次女十歳の輝子と、つまり「をとめ」になる前から許婚の関係にあり、この言葉が造語された。

寝《い》ねがてにわれ煙草すふ煙草すふ少女《をとめ》は最早《もはや》
眠りゐるらむ

いねがてにわれたばこすう▽たばこすう▽おとめはもはや眠りいるらん

いま吾は鉛筆をきるその少女安心《あんしん》をして眠り
ゐるらむ

いまわれはえんぴつをきる◯そのおとめ安心をして眠りいるらん

わが友は密柑むきつつ染《しみ》じみとはや抱《いだ》きねと
いひにけらずや

わがともはみかんむきつつ▽しみじみとはやいだきねといいにけらずや

けだものの暖かさうな寝《いね》すがた思ひうかべて
独りねにけり

けだものの暖かそうないねすがた▽思いうかべてひとりねにけり

寒床《さむどこ》にまろく縮まりうつらうつら何時のまに
かも眠りゐるかな

さむどこにまろくちぢまり▽うつらうつら▽いつのまにかも眠りいるかな

水のべの花の小花の散りどころ盲目《めしひ》になりて
抱《いだ》かれて呉れよ　（一月作）

水のべの花のこばなの散りどころ▽めしいになりていだかれてくれよ

明治四十四年

1　此の日頃

よるさむく火を警むるひょうしぎの聞え来る
頃はひもじかりけり

よるさむく火をいましむるひょうしぎの▽聞え来る頃はひもじかりけり

この宵はいまだ浅けれ床ぬちにのびつつ何か
考へむとおもふ

このよいはいまだ浅けれ○とこぬちにのびつつ何か考えんとおもう

尺八のほろほろと行く悲し音《ね》はこの世の涯《はて》に
遠ざかりなむ

しゃくはちのほろほろとゆく悲しねは▽この世のはてに遠ざかりなん

入りつ日の赤き光のみなぎらふ花野はとほく
恍《ほ》け溶《と》くるなり

いりつ日の赤き光のみなぎろう▽はな野はとおくほけとくるなり

※「恍け溶くる」ぼんやりとして溶ける感じになる。

さだめなきものの魔《おそひ》の来る如く胸《むな》ゆらぎして
街をいそげり

さだめなきもののおそいの来るごとく▽むなゆらぎして街をいそげり

※「魔の来る」悪夢などにうなされる。「胸ゆらぎ」胸騒ぎ。

うらがなしいかなる色の光《ひかり》はや我《われ》のゆくへに
かがよふらむか

うらがなし○いかなる色の光はや▽われのゆくえにかがようらんか

生くるもの我のみならず現《うつ》し身の死にゆくを
聞きつつ飯《いひ》食《を》しにけり

生くるものわれのみならず○うつしみの死にゆくを聞きつついいおしにけり

をさな児のひとり遊ぶを見守《みも》りつつ心よろしくなりてくるかも　（一月作）

おさなごのひとり遊ぶをみもりつつ▽心よろしくなりてくるかも

2　おくに

なにか言《い》ひたかりつらむその言《こと》も言《い》へなくなりて汝《なれ》は死にしか

なにか言いたかりつらんそのことも▽言えなくなりてなれは死にしか

はや死にてゆきしか汝《いまし》いとほしと命《いのち》のうちに吾《あ》はいひしかな

※「汝」二人称、あなた、なんじ。

はや死にてゆきしか○いましいとおしと▽命のうちにあはいいしかな

とほ世べに往《い》なむ今際《いまは》の目にあはず涙《なみだ》ながら
に嬉しむものを

とおよべにいなんいまわの目にあわず▽涙ながらにうれしむものを

なにゆゑに泣くと額《ぬか》なで虚言《いつはり》も死に近き子に
吾《あ》は言へりしか

なにゆえに泣くとぬかなで▽いつわりも▽死に近き子にあは言えりしか

これの世に好《す》きななんぢに死にゆかれ生きの
命《いのち》の力なし我《あれ》は

これの世に好きななんじに死にゆかれ▽いきの命の力なし▽あれは

あのやうにかい細りつつ死にし汝《な》があはれに
なりて居《を》りがてぬかも

※「かい細る」「かき細る」の音便。細るを強めて言う。

あのようにかいほそ細りつつ死にしなが▽あわれになりておりがてぬかも

ひとたびは癒《なほ》りて呉れよとうら泣きて千重に
いひたる空しかるかな

ひとたびはなおりてくれよとうら泣きて▽ちえにいいたる▽むなしかるかな

※「うら泣きて」心の内で泣いて。「千重」何度も重ねて。

この世にも生きたかりしか一念《いちねん》も申《まう》さず逝《ゆ》き
しよあはれなるかも

この世にも生きたかりしか○いちねんも申さずゆきしよ▽あわれなるかも

※「一念」一回だけ念仏すること。

何《なに》も彼《か》もあはれになりて思ひづるお国のひと
世はみぢかかりしか

なにもかもあわれになりて思いずる▽お国のひと世はみじかかりしか

にんげんの現実《うつつ》は悲ししまらくも漂《ただよ》ふごとき
ねむりにゆかむ

にんげんのうつつは悲し○しまらくもただようごときねむりにゆかん

やすらかな眠《ねむり》もがもと此の日ごろ眠《ねむり》ぐすりに親しみにけり

やすらかな眠りもがもと▽この日ごろ眠りぐすりに親しみにけり

なげかひも人に知らえず極まれば何《なに》に縋りて吾は行きなむか

なげかいも人に知らえず○きわまれば何にすがりてあはゆきなんか

しみ到《いた》るゆふべのいろに赤くゐる火鉢のおきのなつかしきかも

しみいたるゆうべのいろに赤くいる▽ひばちのおきのなつかしきかも

※「しみ到る」凍みてくる。「おき」熾、赤くおこっている炭火。

現身《うつしみ》のわれなるかなと歎《なげ》かひて火鉢をちかく身に寄せにけり

うつしみのわれなるかなとなげかいて▽ひばちをちかく身に寄せにけり

ちから無く鉛筆きればほろほろと紅《くれなゐ》の粉が落ちてたまるも

ちからなくえんぴつきれば▽ほろほろとくれないのこが落ちてたまるも

灰のへにくれなゐの粉の落ちゆくを涙ながしていとほしむかも

はいのへにくれないのこの落ちゆくを▽涙ながしていとおしむかも

生きてゐる汝《なれ》がすがたのありありと何《なに》に今頃見えきたるかや

（一月作）

生きているなれがすがたのありありと▽何にいまごろ見えきたるかや

3　うつし身

雨にぬるる広葉細葉のわか葉森あが言ふ声の
やさしくきこゆ

雨にぬるるひろはほそはのわかば森▽あが言う声のやさしくきこゆ

いとまなき吾なればいま時の間の青葉の揺《ゆれ》も
見むとしおもふ

いとまなきわれなればいま▽ときのまの青葉のゆれも見んとしおもう

しみじみとおのに親しきわがあゆみ墓はらの
蔭に道ほそるかな

しみじみとおのに親しきわがあゆみ▽はかはらのかげに道ほそるかな

※「おのに親しき」自身にとって親しい。

やはらかに濡れゆく森のゆきずりに生《いき》の疲《つかれ》の
吾をこそ思へ

やわらかにぬれゆく森のゆきずりに▽いきのつかれのわれをこそ思え

よにも弱き吾なれば忍ばざるべからず雨ふる
よ若葉かへるで

よにも弱きわれなればしのばざるべからず○雨ふるよ▽若葉かえるで

にんげんは死にぬ此《かく》のごと吾《あ》は生きて夕《ゆふ》いひ
食《を》しに帰へらなむいま

にんげんは死にぬ○かくのごとあは生きて▽ゆういいおしに帰らなん▽いま

黒土に足駄の跡の弱けれどおのが力とかへり
見にけり

※「足駄」二枚歯のついた高い下駄。

黒つちにあしだの跡のよわけれど▽おのが力とかえり見にけり

うちどよむ衢《ちまた》のあひの森かげに残るみづ田を
いとしくおもふ

うちどよむちまたのあいの森かげに▽残るみず田をいとしくおもう

※「うちどよむ」「うち」接頭語、「とよむ」は鳴り響く、騒がしい。

青山の町蔭の田の水《み》さび田にしみじみとして
雨ふりにけり

青山のまちかげの田のみさびだに▽しみじみとして雨ふりにけり

※「水さび田」水錆の浮かんでいる田。水錆は水銀のような色をして、水面に浮いている。

森かげの夕ぐるる田に白きとり海《うみ》とりに似し
ひるがへり飛ぶ

森かげの夕ぐるる田に白きとり▽うみとりに似しひるがえり飛ぶ

寂し田に遠来《とほこ》し白鳥《しらとり》見しゆゑに弱ければ吾《あ》は
うれしくて泣かゆ

寂したにとおこし白鳥みしゆえに▽弱ければあはうれしくて泣かゆ

くわん草は丈《たけ》ややのびて湿《しめ》りある土に戦《そよ》げり
このいのちはや

かんぞうはたけややのびて▽湿りある土にそよげり○このいのちはや

はるの日のながらふ光に青き色ふるへる麦の
嫉《ねた》くてならぬ

はるの日のながろう光に▽青き色ふるえる麦のねたくてならぬ

※「嫉く」嫉ましい。嫉妬したい気持である。

春浅き麦のはたけにうごく虫手《た》ぐさにはすれ
悲しみわくも

春あさき麦のはたけにうごく虫▽たぐさにはすれ悲しみわくも

うごき行く虫を殺してうそ寒く麦のはたけを
横ぎりにけり

うごきゆく虫を殺してうそざむく▽麦のはたけをよこぎりにけり

※「うそざむく」何となく寒い。

いとけなき心葬《はふ》りのかなしさに蒲公英《たんぽぽ》を掘る
せとの岡べに

いとけなき心はふりのかなしさに▽たんぽぽを掘る▽せとのおかべに

※「せとの岡べ」家裏の岡。

仄かにも吾に親しき予言《かねごと》をいはまくすらしき
黄いろ玉はな

（四月五月作）

ほのかにもわれに親しきかねごとを▽いわまくすらしき黄いろ玉はな

※「予言」約束。「黄いろ玉はな」前作から蒲公英の花。

4　うめの雨

おのが身をいとほしみつつ帰り来る夕細道《ゆふほそみち》に
柿の花落つも

おのが身をいとおしみつつ帰りくる▽夕細道に柿の花おつも

はかなき身も死にがてぬこの心君し知れらば
共に行きなむ

はかなき身も死にがてぬこの心▽君し知れらば共にゆきなん

さみだれのけならべ降れば梅の実の円《つぶら》大きく
ここよりも見ゆ

さみだれのけならべ降れば▽梅の実のつぶら大きくここよりも見ゆ

※「けならべ」日を並べる、続いて。

天《あめ》に戦《そよ》ぐほそ葉わか葉に群ぎもの心寄りつつ
なげかひにけり

あめにそよぐほそ葉わか葉に▽むらぎもの心よりつつなげかいにけり

※「群ぎもの」枕詞、「心」にかかる。

かぎろひのゆふさりくれど草のみづかくれ水
なれば夕光《ゆふひかり》なしや

かぎろいのゆうさりくれど▽草のみず▽かくれ水なれば夕ひかりなしや

ゆふ原の草かげ水にいのちいくる蛙《かへる》はあはれ
啼きたるかなや

ゆうはらの草かげ水にいのちいくる▽かえるはあわれなきたるかなや

うつそみの命は愛《を》しとなげき立つ雨の夕原《ゆふはら》に
音《ね》するものあり

うつそみの命はおしとなげき立つ▽雨のゆうはらにねするものあり

くろく散る通草《あけび》の花のかなしさを稚《をさな》くてこそ
おもひそめしか

くろく散るあけびの花のかなしさを▽おさなくてこそおもいそめしか

おもひ出も遠き通草の悲し花きみに知らえず
散りか過ぎなむ

おもいでも遠きあけびの悲し花▽きみに知らえず散りかすぎなん

道のべの細川もいま濁りみづいきほひながる
夜《よる》の雨ふり

道のべのほそかわもいま▽にごりみずいきおいながる▽夜の雨ふり

汝兄《なえ》よ汝兄《なえ》たまごが鳴くといふゆゑに見に行
きければ卵が鳴くも

なえよなえ▽たまごが鳴くというゆえに▽見にゆきければ卵が鳴くも

あぶなくも覚束《おぼつか》なけれ黄いろなる円きうぶ毛
が歩みてゐたり

あぶなくもおぼつかなけれ○黄いろなるまろきうぶ毛が歩みていたり

見てを居り心よろしも鶏の子はついばみ乍《なが》ら
ゐねむりにけり

見てをおり心よろしも○とりの子はついばみながらいねむりにけ

庭つとり鶏《かけ》のひよこも心《うら》がなし生れて鳴けば
母にし似るも

にわつとりかけのひよこもうらがなし○うまれて鳴けば母にし似るも

乳のまぬ庭とりの子は自《おの》づから哀《あは》れなるかも
よもの食《は》みにけり

ちちのまぬにわとりの子は▽おのずから哀れなるかもよ▽ものはみにけり

常のごと心足らはぬ吾にあれひもじくなりて
今かへるなり

つねのごと心たらわぬわれにあれ○ひもじくなりて今かえるなり

たまたまに手など触れつつ添ひ歩む枳殻《からたち》垣に
ほこりたまれり

たまたまに手などふれつつそい歩む○からたちがきにほこりたまれり

ものがくれひそかに煙草すふ時の心よろしさのうらがなしかり

ものがくれひそかにたばこすう時の▽心よろしさのうらがなしかり

青葉空雨になりたれ吾はいまこころ細ほそと別れゆくかも

青葉ぞら雨になりたれ○われはいま▽こころ細ほそと別れゆくかも

天さかり行くらむ友に口寄せてひそかに何かいひたきものを

（五月六月作）

あまさかりゆくらん友に口よせて▽ひそかに何かいいたきものを

5　蔵王山

蔵王をのぼりてゆけばみんなみの吾妻《あづま》の山に
雲のゐる見ゆ

蔵王をのぼりてゆけば▽みんなみのあずまの山に雲のいる見ゆ

たち上《のぼ》る白雲のなかにあはれなる山鳩啼けり
白くものなかに

たちのぼる白雲のなかにあわれなる▽やまばとなけり○白雲のなかに

ま夏日の日のかがやきに桜の実熟《う》みて黒しも
われは食みたり

ま夏びの日のかがやきに桜の実▽うみて黒しも○われははみたり

あまつ日に目蔭《まかげ》をすれば乳いろの湛《たたへ》かなしき
みづうみの見ゆ

あまつ日にまかげをすれば▽ちちいろのたたえかなしきみずうみの見ゆ

※「みづうみ」蔵王の火山湖。

死にしづむ火山のうへにわが母の乳汁《ちしる》の色の
みづ見ゆるかな

死にしずむ火山のうえに▽わが母のちしるの色のみず見ゆるかな

秋づけばはらみてあゆむけだものも酸《さん》のみづ
なれば舌触りかねつ

秋づけばはらみてあゆむけだものも▽酸のみずなれば舌ふりかねつ

赤蜻蛉《あきつ》むらがり飛べどこのみづに卵うまねば
かなしかりけり

赤あきつむらがり飛べど▽このみずに卵うまねばかなしかりけり

ひんがしの遠空《とほぞら》にして絹いとのひかりは悲し
海つ波なれば

（八月作）

ひんがしの遠ぞらにして▽きぬいとのひかりは悲し○うみつ波なれば

6　秋の夜ごろ

玉きはる命《いのち》をさなく女童《めわらは》をいだき遊びき夜半《よは》
のこほろぎ

たまきわる命おさなく▽めわらわをいだき遊びき○夜半のこおろぎ

こよひも生きてねむるとうつらうつら悲しき
虫を聞きほくるなり

こよいも生きてねむると▽うつらうつら悲しき虫を聞きほくるなり

※「ほくる」「惚く」の連体形、しみじみきくこと。

ことわりもなき物怨《ものうら》み我身にもあるが愛《いと》しく
虫ききにけり

ことわりもなきものうらみ▽わが身にもあるがいとしく▽虫ききにけり

※「ことわりもなき」わけのわからない、理由なき。「物怨み」不満を抱くこと、嫉妬すること。

少年の流されびとのいとほしと思ひにければ
こほろぎが鳴く

少年の流されびとのいとおしと▽思いにければ▽こおろぎが鳴く

秋なればこほろぎの子の生れ鳴く冷たき土を
かなしみにけり

秋なればこおろぎの子のうまれ鳴く▽冷たき土をかなしみにけり

少年の流され人はさ夜の小床に虫なくよ何の
虫よといひけむ

少年の流されびとは▽さよのおどこに▽虫なくよなんの▽虫よといいけん

かすかなるうれひにゆるるわが心蟋蟀聞くに
堪へにけるかな

かすかなるうれいにゆるるわが心▽こおろぎ聞くにたえにけるかな

蟋蟀の音にいづる夜の静けさにしろがねの銭
かぞへてゐたり

こおろぎのねにいずるよの静けさに▽しろがねの銭かぞえていたり

紅き日の落つる野末の石の間のかそけき虫に
あひにけるかも

あかき日の落つるのずえの石のまの▽かそけき虫にあいにけるかも

足もとの石のひまより静けさに顫ひて出づる
音に頼《よ》りにけり

※「石のひま」石の間。

足もとの石のひまより▽静けさにふるいていずる▽ねによりにけり

入りつ日の入りかくろへば露満つる秋野の末にこほろぎ鳴くも

いりつ日のいりかくろえば▽つゆみつる秋野のすえにこおろぎ鳴くも

うちどよむちまたを過ぎてしら露のゆふ凝る原にわれは来にけり

うちどよむちまたを過ぎて▽しらつゆのゆうこるはらにわれは来にけり

※「うちどよむ」「うち」は接頭語、「響動む」を強める。街音がうるさいこと。「ゆふ凝る」夕方露が玉を結ぶこと。

星おほき花原くれば露は凝りみぎりひだりにこほろぎ鳴くも

星おおき花はらくればつゆはこり▽みぎりひだりにこおろぎ鳴くも

こほろぎのかそけき原も家ちかみ今ほほ笑ふ女《め》の童《わらは》きこゆ

こおろぎのかそけき原も家ちかみ▽今ほほ笑うめのわらわきこゆ

はるばると星落つる夜の恋がたり悲しみの世にわれ入りにけり

はるばると星おつるよの恋がたり▽悲しみの世にわれいりにけり

濠のみづ干《ひ》ゆけばここに細き水流れ会ふかな夕ひかりつつ

ほりのみずひゆけば▽ここに細き水ながれあうかな○夕ひかりつつ

女《め》の童《わらは》をとめとなりて泣きし時かなしく吾はおもひたりしか

めのわらわおとめとなりて泣きし時▽かなしくわれはおもいたりしか

※「をとめとなる」初潮を迎える。

さにづらふ少女ごころに酸漿《ほほづき》の籠《こも》らふほどの悲しみを見し

さにずらうおとめごころに▽ほおずきのこもらうほどの悲しみを見し

※「さにづらふ」普通「さにつらふ」とにごらない。「色」「紅葉」「君」「少女」「妹」などにかかる枕詞だが、ここでは動詞に用い、恥らう。

ひとり歩む玉ひや冷とうら悲し月より降りし
草の上の露

ひとり歩むたまひやびやとうら悲し○月よりふりし草のうえの露

こほろぎはこほろぎゆゑに露原に音をのみぞ
鳴く音をのみぞ鳴く

（九月作）

こおろぎはこおろぎゆえにつゆ原に▽ねをのみぞ鳴く▽ねをのみぞ鳴く

7　折に触れて

なみだ落ちて懐《なつか》しむかもこの室《へや》にいにしへ人
は死に給ひにし

（子規十周忌三首）

なみだ落ちてなつかしむかも○このへやにいにしえびとは死にたまいにし

自《みづ》からをさげすみ果てし心すら此夜はあはれ
和《なご》みてを居ぬ

みずからをさげすみはてし心すら▽この夜はあわれなごみてをいぬ

※「さげすむ」見下す、軽蔑する。

しづかに眼《め》をつむり給ひけむ自《おの》づからすべて
は冷たくなり給ひけむ

しずかに眼をつむりたまいけん◯おのずから▽すべては冷たくなりたまいけん

涙ながししひそか事も、消ゆるかや、吾《あ》より
秋なれば桔梗《きちかう》は咲きぬ

涙ながししひそかごとも◯消ゆるかや◯あより▽秋なればきちこうは咲きぬ

（録三首）

きちかうのむらさきの花萎む時わが身は愛《は》し
とおもふかなしみ

きちこうのむらさきの花しぼむとき▽わが身ははしとおもうかなしみ

さげすみ果てしこの身も堪へ難くなつかしき
ことありあはれあはれわが少女《をとめ》

さげすみはてし▽この身もたえがたくなつかしき▽ことありあわれあわれわがおとめ

栗の実の笑《ゑ》みそむるころ谿越えてかすかなる
灯に向ふひとあり

（録三首）

くりの実のえみそむるころたに越えて▽かすかなるひにむかうひとあり

かどはかしに逢へるをとめのうつくしと思ひ
通ひて谿越えにけり

※「かどはかし」子供や女を誘拐すること。

かどわかしにあえるおとめのうつくしと▽思いかよいて▽たに越えにけり

うつくしき時代《ときよ》なるかな山賊はもみづる谿に
いのち落せし

うつくしきときよなるかな○さんぞくはもみずるたににいのち落とせし

おのづからうら枯るるらむ秋ぐさに悲しかるかも実籠《みごも》りにけり

おのずからうらがるるらん秋ぐさに▽悲しかるかも◯みごもりにけり

ひさかたの霜ふる国に馬群《うま》れてながながし路くだるさみしみ

ひさかたのしもふる国に馬むれて▽ながながしみちくだるさみしみ

死に近き狂人を守《も》るはかなさに己《おの》が身すらを愛《は》しとなげけり

死に近ききょうじんをもるはかなさに▽おのが身すらをはしとなげけり

照り透るひかりの中《なか》に消ぬべくも蟋蟀と吾《あ》となげかひにけり

照りとおるひかりの中にけぬべくも▽こおろぎとあとなげかいにけり

つかれつつ目ざめがちなるこの夜ごろ寝《い》より
さめ聞くながれ水かな

つかれつつ目ざめがちなるこのよごろ▽いよりさめ聞くながれ水かな

※「さざれ」小石。朝の小石だから特別冷たい。

朝さざれ踏みの冷めたくあなあはれ人の思《おもひ》の
湧ききたるかも

朝さざれふみの冷たくあなあわれ▽人の思いのわききたるかも

秋川のさざれ踏み往き踏み来とも落ちゐぬ心
君知るらむか

秋かわのさざれふみゆきふみくとも▽落ちいぬ心きみ知るらんか

土のうへの生けるものらの潜《ひそ》むべくあな慌し
秋の夜の雨

土のうえの生けるものらのひそむべく▽あなあわただし○秋のよの雨

秋のあめ煙りて降ればさ庭べに七面鳥は羽もひろげず

秋のあめけむりて降れば▽さにわべに七面鳥は羽もひろげず

寒ざむとひと夜の雨のふりしかば病める庭鳥をいたはり兼ねつ

さむざむとひと夜の雨のふりしかば▽病めるにわとりをいたわりかねつ

ほそほそとこほろぎの音はみちのくの霜ふる国へとほ去りぬらむ

ほそほそとこおろぎのねは▽みちのくの霜ふる国へとお去りぬらん

遠き世のガレーヌスは春のあけぼの Ornamentum loci をかなしみぬ。われは東海の国の伽羅の木かげ Pluma loci といひてなげかふ。

※「ガレーヌス」本林勝夫『赤光』注釈によれば、「ローマの医学者。ラテン語で、Ornamentum loci も Pluma loci も局部の飾り、羽毛。陰毛のことをさす」という。

伽羅ぼくのこのみのごとく仄かなるはかなきものか Pluma loci よ

きゃらぼくのこのみのごとくほのかなるはかなきものか◯プルマルカイよ

ほのかなるものなりければをとめごはほほと笑ひてねむりたるらむ

ほのかなるものなりければ▽おとめごは▽ほほと笑いてねむりたるらん

明治四十三年

1　田螺と彗星

とほき世のかりようびんがのわたくし児田螺はぬるきみづ恋ひにけり

とおき世のかりょうびんがのわたくしご▽たにしはぬるきみず恋いにけり

※「かりょうびんが」迦陵頻伽、雪山または極楽にいるという想像上の鳥。人面・鳥身。

田螺はも背戸の円田《まろた》にゐると鳴かねどころりころりと幾つもゐるも

たにしはもせとのまろたにいると鳴かねど▽ころりころりといくつもいるも

※「背戸の円田」家裏にある円形の小さな田。穏やかな田。「背戸」初版では「脊」と誤植になっていた。

わらくづのよごれて散れる水無田《みなしだ》に田螺の殻は白くなりけり

わらくずのよごれて散れるみなしだに▽たにしのからは白くなりけり

気ちがひの面《おもて》まもりてたまさかは田螺も食《た》べてよるいねにけり

きちがいのおもてまもりて▽たまさかはたにしも食べてよるいねにけり

※「たまさか」たまに、まれに。

赤いろの蓮《はちす》まろ葉の浮けるとき田螺はのどにみごもりぬらし

赤いろのはちすまろばのうけるとき▽たにしはのどにみごもりぬらし

※「のどに」のどかに。「みごもる」子を宿す。

味噌うづの田螺たうべて酒のめば我が咽喉仏《のどぼとけ》うれしがり鳴る

味噌うずのたにしとうべて酒のめば▽わがのどぼとけうれしがり鳴る

※「味噌うづ」味噌汁の雑炊。「たうぶ」古語、「飲む」「食ふ」の謙譲語、丁寧語。

南蛮の男かなしと恋ひ生みし田螺にほとけの性ともしかり

なんばんの男かなしと恋いうみし▽たにしにほとけのさがともしかり

ためらはず遠天に入れと彗星の白きひかりに酒たてまつる

ためらわずおんてんにいれと▽すいせいの白きひかりに酒たてまつる

うつくしく瞬きてゐる星ぞらに三尺《みさか》ほどなるははき星をり

うつくしくまたたきている星ぞらに▽みさかほどなるほうきぼしおり

きさらぎの天《あめ》たかくして彗星《はうきぼし》ありまなこ光りてもろもろは見る

きさらぎのあめたかくしてほうきぼしあり○まなこ光りてもろもろは見る

入り日ぞら暮れゆきたれば尾を引ける星にむかひて子等走りたり

いり日ぞら暮れゆきたれば▽尾を引ける星にむかいて子ら走りたり

2　南蛮男

（録八首）

くれなゐの千しほのころも肌につけゆららゆららに寄りもこそ寄れ

くれないのちしおのころも肌につけ▽ゆらゆららに寄りもこそよれ

※「千しほのころも」千入の衣、何度も染めた衣。

南蛮《なんばん》のをとこかなしと抱《いだ》かれしをだまきの花むらさきのよる

なんばんのおとこかなしといだかれし▽おだまきの花むらさきのよる

なんばんの男いだけば血のこゑすその時のまの血のこゑかなし

なんばんの男いだけば血のこえす▽その時のまの血のこえかなし

※「血のこゑ」たぎる血潮の声。濃厚な情交の声。

南より笛吹きて来る黒ふねはつばくらめより
かなしかりけり

南よりふえ吹きて来る黒ふねは▽つばくらめよりかなしかりけり

※「笛」黒船（異国の船）汽笛。

夕がらす空《そら》に啼ければにつぽんの女《をんな》のくちも
あかく触りぬれ

夕がらす空になければにっぽんの▽女のくちもあかくふりぬれ

入り日空《ぞら》見たる女はうらぐはし乳房《ちぶさ》おさへて
居たりけるかな

いり日ぞら見たる女はうらぐわし◯ちぶさおさえていたりけるかな

※「うらぐはし」（心細し）心に沁みて美しく思われる。

瞳《ひとみ》青きをとこ悲しと島をとめほのぼのとして
みごもりにけり

ひとみ青きおとこ悲しと▽島おとめほのぼのとしてみごもりにけり

なんばんの黒ふねゆれてはてし頃みごもりし
人いまは死にせり
なんばんの黒ふねゆれてはてしころ▽みごもりし人いまは死にせり
※「白たま」女性を暗示している。
にほひたる畳のうへに白たまの静まりたるを
見すぐしがてぬ
（録三首）
においたる畳のうえにしらたまの▽静まりたるを見すぐしがてぬ
しらたまの色のにほひを哀《あはれ》とぞ見し玉ゆらの
われやつみびと
しらたまの色のにおいを▽あわれとぞ見したまゆらのわれやつみびと
罪ひとの触れんとおもふしら玉の戦《をのの》きたらば
すべなからまし
つみひとの触れんとおもう○しらたまのおののきたらばすべなからまし

3　をさな妻

墓はらのとほき森よりほろほろと上《のぼ》るけむり
に行かむとおもふ

はかはらのとおき森より ほろほろとのぼるけむりに ▽ ゆかんとおもう

木のもとに梅はめば酸しをさな妻ひとにさに
づらふ時たちにけり

木のもとに梅はめばすし ▽ おさなづま ▽ ひとにさにずらう時たちにけり

をさな妻こころに持ちてあり経《ふ》れば赤き蜻蛉《とんぼ》
の飛ぶもかなしも

おさな妻こころにもちて ありふれば ▽ 赤きとんぼの飛ぶもかなしも

目を閉づれすなはち見ゆる淡々し光に恋ふる
もさみしかるかな

目をとずれすなわち見ゆるあわあわし○光にこうるもさみしかるかな

ほこり風立ちてしづまるさみしみを市路ゆき
つつかへりみるかも

ほこりかぜ立ちてしずまるさみしみを▽いちじゆきつつかえりみるかも

このゆふべ塀にかわけるさび紅《あけ》のべにがらの
垂りをうれしみにけり

※「さび紅のべにがら」赤さび色のベンガラ塗料。

このゆうべへいにかわけるさびあけの▽べにがらのたりをうれしみにけり

公園に支那のをとめを見るゆゑに幼な妻もつ
この身愛《は》しけれ

公園にしなのおとめを見るゆえに▽おさな妻もつこの身はしけれ

嘴《はし》あかき小鳥さへこそ飛ぶならめはるばる飛ばば悲しきろかも

はしあかき小鳥さえこそ飛ぶならめ◯はるばる飛ばば悲しきろかも

※「ろかも」「ろ」間投助詞「かも」終助詞。強い詠嘆を表す。

細みづにながるる砂の片寄りに静まるほどのうれひなりけり

細みずにながるる砂のかたよりに▽静まるほどのうれいなりけり

水さびゐる細江の面に浮きふふむこの水草はうごかざるかな

みさびいるほそえのおもに浮きふふむ▽このみず草はうごかざるかな

※「浮きふふむ」浮いたまま葉か花かふくらんでいる。

汗ばみしかうべを垂れて抜け過ぐる公園に今しづけさに会ひぬ

汗ばみしこうべをたれて抜けすぐる▽公園に今しずけさに会いぬ

をさな妻をさなきままにその目より涙ながれて行きにけるかも

おさな妻おさなきままに▽その目より涙ながれてゆきにけるかも

をだまきの咲きし頃よりくれなゐにゆららに落つる太陽《ひ》こそ見にけれ

おだまきの咲きしころより▽くれないにゆららに落つるひこそ見にけれ

をさな妻ほのかに守《まも》る心さへ熱病みしより細りたるなれ

（折々の作）

おさな妻ほのかに守る心さえ▽ねつやみしより細りたるなれ

4　悼堀内卓

堀内はまこと死にたるかありの世かいめ世か
くやしいたましきかも

※「ありの世かいめ世か」現の世か、
夢の世か。

ほりうちはまこと死にたるか▽ありの世か▽いめ世かくやし▽いたましきかも

信濃路のゆく秋の夜のふかき夜をなにを思《も》ひ
つつ死にてゆきしか

しなのじのゆく秋の夜のふかき夜を▽なにをもいつつ死にてゆきしか

うつそみの人の国をば君去りて何辺《いづべ》にゆかむ
ちちははをおきて

うつそみの人の国をばきみ去りて▽いずべにゆかん▽ちちははをおきて

早《はや》はやも癒《なほ》りて来よと祈《の》むわれになにゆゑに
逝きし一言《ひとこと》もなく

はやはやもなおりて来よとのむわれに▽なにゆえにゆきし◯一言もなく

いまよりはまことこの世に君なきかありと思
へどうつつにはなきか

いまよりはまことこの世に君なきか◯ありと思えどうつつにはなきか

深き夜のとづるまなこにおもかげに見えくる
友をなげきわたるも

深き夜のとずるまなこに▽おもかげに見えくる友をなげきわたるも

霜ちかき虫のあはれを君と居て泣きつつ聞か
むと思《おも》ひたりしか

（十月作）

しもちかき虫のあわれを▽君といて▽泣きつつ聞かんと思いたりしか

自明治三十八年
至明治四十二年

1　折りに触れ

明治三十八年作

黒き実の円《つぶ》らつぶらとひかる実の柿は一本《いつぽん》たちにけるかも

黒き実のつぶらつぶらとひかる実の▽柿はいっぽんたちにけるかも

浅草の仏つくりの前来れば少女《をとめ》まぼしく落日《いりひ》を見るも

浅草のほとけつくりの前くれば▽おとめまぼしくいりひを見るも

本《ほん》よみて賢くなれと戦場のわが兄《え》は銭を呉れたまひたり

本よみてかしこくなれと▽戦場のわがえは銭をくれたまいたり

戦場のわが兄《え》より来し銭もちて泣きゐたりけり涙が落ちて

戦場のわがえよりこし銭もちて▽泣きいたりけり○なみだがおちて

桑畑の畑のめぐりに紫蘇生《お》ひてちぎりて居ればにほひするかも

桑はたの畑のめぐりにしそおいて▽ちぎりておればにおいするかも

はるばると母は戦《いくさ》を思《も》ひたまふ桑の木の実は熟みゐたりけり

はるばると母はいくさをもいたもう▽桑のこの実はうみいたりけり

けふの日は母の辺にゐてくろぐろと熟《う》める桑の実食《は》みにけるかも

きょうの日は母のべにいて▽くろぐろとうめる桑の実はみにけるかも

かがやける真夏日のもとたらちねは戦《いくさ》を思ふ
桑の実くろし

かがやける真夏日のもと▽たらちねはいくさを思う○桑の実くろし

馬屋《まや》のべにをだまきの花乏《とぼ》しらにをりをり馬
が尾を振りにけり

まやのべにおだまきの花とぼしらに▽おりおり馬が尾をふりにけり

数学のつもりになりて考へしに五目並べに勝
ちにけるかも

すうがくのつもりになりて考えしに▽ごもく並べに勝ちにけるかも

熱いでて一夜《ひとよ》寝しかばこの朝け梅のつぼみを
つばらかに見つ

ねついでてひとよ寝しかば▽この朝け▽梅のつぼみをつばらかに見つ

春かぜの吹くことはげし朝ぼらけ梅のつぼみは大きかりけり

春かぜの吹くことはげし○あさぼらけ○梅のつぼみは大きかりけり

入りかかる日の赤きころニコライの側《そば》の坂をば下《お》りて来にけり

いりかかる日の赤きころ▽ニコライのそばの坂をばおりて来にけり

寝て思へば夢《いめ》の如《ごと》かり山焼けて南の空はほの赤かりし

寝てもえばいめのごとかり○山やけて南の空はほの赤かりし

さ庭べの八重山吹の一枝ちりしばらく見ねばみな散りにけり

さにわべの八重やまぶきのひとえちり▽しばらく見ねばみな散りにけり

日輪がすでに真赤になりたれば物干《ものほし》にいでて
欠伸せりけり

にちりんがすでにまあかになりたれば▽物干にいでてあくびせりけり

ゆふさりてランプともせばひと時は心静まり
て何もせず居り

ゆうさりてランプともせばひとときは▽心静まりて何もせずおり

2　地獄極楽図

明治三十九年

浄玻瓈《じやうはり》にあらはれにけり脇差《わきざし》を差して女《をんな》をい
ぢめるところ

じょうはりにあらわれにけり◯わきざしを差して女をいじめるところ

※「浄玻瓈」生前の所業をうつしだす鏡。

飯《いひ》の中《なか》ゆとろとろと上《のぼ》る炎《ほのほ》見てほそき炎口《ゑんく》の
おどろくところ

いいの中ゆとろとろとのぼる炎みて▽ほそきえんくのおどろくところ

※「炎口」やせ細りものの食えない餓鬼。口から炎を出す。

赤き池《いけ》にひとりぽつちの真裸《まはだか》のをんな亡者《まうじや》の
泣きゐるところ

赤き池にひとりぼっちのま裸の▽おんなもうじゃの泣きいるところ

※「亡者」成仏しない死者でたましいが冥途に迷っているもの。

いろいろの色の鬼ども集りて蓮《はちす》の華《はな》にゆびさ
すところ

いろいろの色の鬼ども集まりて▽はちすのはなにゆびさすところ

人の世に嘘《うそ》をつきけるもろもろの亡者《まうじや》の舌を
抜き居《ゐ》るところ

人の世にうそをつきけるもろもろの▽もうじゃの舌を抜きいるところ

罪計《つみはかり》に涙ながしてゐる亡者《まうじや》つみを計れば巌《いはほ》より重き

罪はかりに涙ながしているもうじゃ▽つみを計ればいわおより重き

にんげんは馬牛《うまうし》となり岩負ひて牛頭《ごづ》馬頭《めづ》どもの追ひ行くところ

にんげんは馬牛となり岩おいて▽ごずめずどもの追いゆくところ

をさな児の積みし小石を打くづし紺《こん》いろの鬼見てゐるところ

おさなごの積みし小石をうちくずし▽こんいろの鬼みているところ

もろもろは裸《はだか》になれと衣《ころも》剥ぐひとりの婆の口赤きところ

もろもろは裸になれところもはぐ▽ひとりのばばの口赤きところ

白き華《はな》しろくかがやき赤き華赤き光りを放ちゐるところ

白きはなしろくかがやき▽赤きはな赤き光りをはなちいるところ

ゐるものは皆ありがたき顔をして雲ゆらゆらと下《お》り来るところ

いるものは皆ありがたき顔をして▽雲ゆらゆらとおり来るところ

3　蛍

昼見れば首筋あかき蛍かな　　芭蕉

蚕《こ》の室《へや》に放ちしほたるあかねさす昼なりければ首は赤しも

このへやに放ちしほたる▽あかねさす昼なりければ首は赤しも

蚊帳のなかに放ちし蛍夕さればおのれ光りて飛びて居りけり

かやのなかに放ちし蛍▽夕さればおのれ光りて飛びておりけり

あかときの草の露たま七いろにかがやきわたり蜻蛉《とんぼ》生《あ》れけり

あかときの草のつゆたま▽なないろにかがやきわたり▽とんぼあれけり

あかときの草に生れて蜻蛉《あきつ》はも未だ軟《やは》らかみ飛びがてぬかも

あかときの草にうまれて▽あきつはもいまだやわらかみ飛びがてぬかも

小田のみち赤羅ひく日はのぼりつつ生《あ》れし蜻《とん》蛉《ぼ》もかがやきにけり

（明治三十九年作）

おだのみち赤らひく日はのぼりつつ▽あれしとんぼもかがやきにけり

※「赤羅ひく」枕詞、「日」にかかる。

4　折に触れて

明治三十九年作

来て見れば雪げの川べ白がねの柳ふふめり蕗の薹も咲けり　（二首）

来て見れば雪げの川べ▽しろがねの柳ふふめり▽ふきのとうも咲けり

※「蕗の薹」早春に出る蕗の花茎。食用にする。

あづさ弓春は寒けど日あたりのよろしき処つくづくし萌ゆ

あずさゆみ春はさむけど▽日あたりのよろしきところつくづくしもゆ

※「あづさ弓」枕詞、「春」などにかかる。「つくづくし」つくし（土筆）の古称。

生きて来《こ》し丈夫《ますらを》がおも赤くなりをどるを見れば嬉しくて泣かゆ　（二首）

生きてこしますらおがおも赤くなり▽おどるを見ればうれしくてなかゆ

※「生きて来し丈夫」帰還兵士。

凱旋《かへ》り来て今日のうたげに酒をのむ海のますらをに髯あらずけり

かえり来て今日のうたげに酒をのむ▽海のますらおにひげあらずけり

み仏の生《あ》れましの日と玉蓮《たまはちす》をさな朱《あけ》の葉池に浮くらし　（二首）

みほとけのあれましの日と▽たまはちす▽おさなあけの葉いけに浮くらし

み仏のみ堂に垂るる藤なみの花の紫いまだともしも

※「ともし」少い。

みほとけのみ堂にたるる藤なみの▽花のむらさきいまだともしも

青玉のから松の芽はひさかたの天《あめ》にむかひて竝びてを萌ゆ　（二首）

※「ひさかたの」枕詞、「天」にかかる。天に関係する「日」「月」などにもかかる。

青たまのから松のめは▽ひさかたのあめにむかいてならびてをもゆ

春さめは天の乳かも落葉松の玉芽あまねくふくらみにけり

春さめはあめのちちかも○から松のたまめあまねくふくらみにけり

みちのくの仏《ほとけ》の山のこごしこごし岩秀《いはほ》に立ちて汗ふきにけり

（立石寺）

みちのくのほとけの山のこごしこごし○いわおに立ちて汗ふきにけり

※「こごしこごし」こごしは「凝し」で、ごつごつして、けわしいこと。

天の露落ちくるなべに現し世の野べに山べに秋花咲けり

あめのつゆ落ちくるなべに▽うつし世ののべに山べに秋はな咲けり

※「なべに」古語「なへに」の応用。上代語「なへ」（接続助詞）に「に」（格助詞）がついたもの。…すると共に、…するにつれての意。

涅槃会をまかりて来れば雪つめる山の彼方は夕焼のすも

ねはんえをまかりて来れば▽雪つめる山のかなたは夕やけのすも

※「涅槃会」釈尊入滅の日。「陰暦二月十五日、今は三月十五日」に奉讃進慕をする法会。

小瀧まで行かむは未だくたびれの息つく坂よ
山鳩のこゑ

こたきまでゆかんはいまだくたびれの▽息つく坂よ○やまばとのこえ

夕ひかる里つ川水夏くさにかくるる処まろき
山見ゆ

※「里つ」里の。

夕ひかるさとつかわみず▽夏くさにかくるるところ▽まろきやま見ゆ

淡青《たんじやう》の遠《とほ》のむら山たびごろもわが目によしと
寝てを見にけり

※「たびごろも」旅の衣でいる、今旅にあること。

たんじょうのとおのむら山▽たびごろもわが目によしとねてを見にけり

火の山を回《めぐ》る秋雲の八百雲をゆらに吹きまく
天つ風かも

（蔵王山五首）

火の山をめぐる秋ぐものやおぐもを▽ゆらに吹きまくあまつかぜかも

岩の秀に立てばひさかたの天の川南に垂れて
かがやきにけり

岩のほに立てばひさかたのあまのがわ▽南にたれてかがやきにけり

天なるや群がりめぐる高ぼしのいよいよ清く
山高みかも

あめなるやむらがりめぐるたかぼしの▽いよいよ清く山たかみかも

※「高ぼし」高い空の星。

雲の中の蔵王《ざわう》の山は今もかもけだもの住まず
石あかき山

雲の中のざおうの山はいまもかも▽けだもの住まず石あかき山

あめなるや月読の山はだら牛うち臥すなして
目に入りにけり

あめなるやつきよみの山▽はだら牛うちふすなして目にいりにけり

※「月読の山」月山。「はだら牛うち臥すなして」残雪がまだらに残っているのを牛にたとえている。

病癒えし君がにぎ面《おも》の髯あたり目にし浮びて
うれしくてならず
（蕨眞氏病癒ゆ）

やまいいえし君がにぎおものひげあたり▽目にし浮かびてうれしくてならず

※「にぎ面」おだやかな顔。

5　虫

明治四十年作

花につく朱の小蜻蛉《あきつ》ゆふされば眠《ねむ》りけらしも
こほろぎが鳴く

花につくあけのこあきつ▽ゆうされば眠りけらしもこおろぎが鳴く

とほ世べの恋のあはれをこほろぎの語《かた》り部《べ》が
夜々つぎかたりけり

とおよべの恋のあわれを▽こおろぎの語りべがよよつぎかたりけり

月落ちてさ夜ほの暗く未だかも弥勒《みろく》は出でず
虫鳴けるかも

月おちてさよほのぐらく▽いまだかもみろくはいでず▽むし鳴けるかも

ヨルダンの河のほとりに虫なくと書《ふみ》に残りて
年ふりにけり

ヨルダンの河のほとりに虫なくと▽ふみに残りてとしふりにけり

なが月の清きよひよひ蟋蟀やねもころころに
率寝《ゐね》て鳴くらむ

なが月の清きよいよい▽こおろぎや▽ねもころころにいねて鳴くらん

きのふ見し千草もあらず虫の音も空に消入り
うらさびにけり

きのうみしちぐさもあらず▽虫のねもそらに消えいり▽うらさびにけり

※「弥勒」弥勒菩薩。釈迦の次に仏になると約束された菩薩。仏滅後五十六億七千万年後に世に出て人々を救うという。

あきの夜のさ庭に立てばつちの虫音は細細と悲しらに鳴く

あきの夜のさにわに立てば▽つちの虫▽ねはほそほそと悲しらに鳴く

※「かなしら」悲しそうなさま。「ら」は接尾語。

なが月の秋ゑらぎ鳴くこほろぎに螻蛄《けら》も交りてよき月夜かも

ながつきの秋えらぎ鳴くこおろぎに▽けらもまじりてよき月夜かも

※「ゑらぎ」「えらく」楽しみ笑う。

6 雲　明治四十年作

かぎろひの夕べの空に八重なびく朱の旗雲遠《とほ》にいざよふ

かぎろいの夕べの空にやえなびく▽あけのはたぐもとおにいざよう

※「旗雲」旗のようになびいている雲。「いざよふ」進もうとして進まない。たゆとう。

岩根ふみ天路をのぼる脚底ゆいかづちぐもの
湧き巻きのぼる

いわ根ふみあめじをのぼるあしぞこゆ▽いかずちぐもの湧きまきのぼる

蔵王の山はらにして目を放つ盤城の諸嶺《もろね》くも
湧ける見ゆ

※「盤城の諸嶺」福島東部、宮城南部の山々。

蔵王の山はらにして目をはなつ▽いわきのもろねくも湧ける見ゆ

底知らに瑠璃のただよふ天《あめ》の門《と》に凝れる白雲
誰まつ白雲

そこしらにるりのただようあめのとに▽これるしら雲たれまつしら雲

岩ふみて吾立つやまの火の山に雲せまりくる
五百つ白雲

※「五百つ白雲」無数の白雲。

岩ふみてわが立つやまの火の山に▽雲せまりくるいおつしら雲

遠ひとに吾恋ひ居れば久かたの天のたな雲に
鶴飛びにけり

とおひとにわが恋いおれば▽ひさかたのあめのたなぐもにたず飛びにけり

あめつちの寄り合ふきはみ晴れとほる高山の
背に雲ひそむ見ゆ

あめつちの寄りあうきわみ▽晴れとおるたかやまの背に雲ひそむ見ゆ

八重山の八谷かぜ起りひさかたの天に白雲の
ゆらゆらと立つ

やえ山のやたにかぜおこり▽ひさかたのあめに白雲のゆらゆらと立つ

たくひれのかけのよろしき妹が名の豊旗雲と
誰がいひそめし

たくひれのかけのよろしきいもが名の▽とよはたぐもとたがいいそめし

※「たくひれの」枕詞、「白」「かけ」などにかかる。「かけ」（女子服飾具の領巾《ひれ》を）掛けること。

小旗ぐも大旗雲のなびかひに今し八尺《やさか》の日は入らむとす

こはたぐもおおはたぐものなびかいに▽いましやさかの日は入らんとす

いなびかりふくめる雲のたたずまひ物ほしにのりてつくづくと見つ

いなびかりふくめる雲のたたずまい▽ものほしにのりてつくづくと見つ

ひと国をはるかに遠き天ぐもの氷雲《ひぐも》のほとり行くは何ぞも

ひとぐにをはるかに遠きあまぐもの▽ひぐものほとりゆくはなんぞも

※「氷雲」凍って、氷からなる上層雲、巻雲。

雲に入る薬もがもと雲恋ひしもろこしの君は昔死にけり

雲にいるくすりもがもと雲こいし▽もろこしの君はむかし死にけり

※「雲に入る薬もがも」空たかく飛ぶ仙薬を求めた。

ひむがしの天の八重垣しろがねと笹べり赫く
渡津見の雲

ひんがしのあめのやえがき○しろがねと笹べりかがやくわたつみの雲

※「笹べり」光で縁取られている状態。

7　苅しほ

明治四十年作

秋のひかり土にしみ照り苅しほに黄ばめる小
田を馬が来る見ゆ

秋のひかり土にしみてり▽かりしおにきばめるおだを馬が来る見ゆ

※「苅しほ」稲、麦を刈るのに最も適したとき、刈どき。

竹おほき山べの村の冬しづみ雪降らなくに寒《かん》
に入りけり

竹おおき山べの村の冬しずみ▽雪ふらなくにかんにいりけり

※「冬しづみ」冬が深まって。

ふゆの日のうすらに照れば並み竹は寒ざむとして霜しづくすも

ふゆの日のうすらに照れば▽なみ竹は寒ざむとして霜しずくすも

窓の外《と》に月照りしかば竹の葉のさやのふる舞《まひ》あらはれにけり

まどのとに月てりしかば▽竹の葉のさやのふるまいあらわれにけり

※「さやのふる舞」竹の揺れるさま（明らかに見える）。

しもの夜のさ夜のくだちに戸を押すや竹群が奥に朱《あけ》の月みゆ

しものよのさよのくだちに戸を押すや▽たかむらが奥にあけの月みゆ

※「くだち」（夜が）次第に更けること。

竹むらの影にむかひて琴ひかば清搔《すがが》にしも引くべかりけり

たけむらの影にむかいて琴ひかば▽すががきにしも引くべかりけり

※「清搔」和琴の弾き方のひとつ。

月あかきもみづる山に小猿ども天つ領巾《ひれ》など欲《ほ》りしてをらむ

月あかきもみずる山に▽こざるども▽あまつひれなどほりしておらん

猿の子の目のくりくりを面白み日の入りがたをわがかへるなり

さるの子の目のくりくりをおもしろみ▽日のいりがたをわがかえるなり

8　留守居

明治四十年作

まもりゐの縁の入り日に飛びきたり蠅が手をもむに笑ひけるかも

まもりいのえんのいり日に飛びきたり○はえが手をもむに笑いけるかも

※「まもりゐ」留守番。

一人して留守居さみしら青光る蠅のあゆみを
おもひ無《な》に見し

一人してるすいさみしら▽青ひかるはえのあゆみをおもいなに見し

留守をもるわれの机にえ少女《をとめ》のえ少男《をとこ》の蠅が
ゑらぎ舞ふかも

留守をもるわれの机に▽えおとめのえおとこのはえがえらぎ舞うかも

※「え少女のえ少男の」「愛すべき少女と立派な少年の」、「ゑらぐ」笑いたのしむこと。

秋の日の畳の上に飛びあよむ蠅の行ひ見つつ
留守すも

秋の日のたたみの上に飛びあよむ▽はえのおこない見つつ留守すも

入り日さすあかり障子はばら色にうすら匂ひ
て蠅一つとぶ

いり日さすあかりしょうじは▽ばら色にうすらにおいて▽はえひとつとぶ

※「うすら匂ひて」ほんのりと映えて。

事なくて見ゐる障子に赤とんぼかうべ動かす
羽さへふるひ

ことなくて見いるしょうじに▽赤とんぼ▽こうべ動かす羽さえふるい

まもりゐのあかり障子にうつりたる蜻蛉は行
きて何も来ぬかも

まもりいのあかり障子にうつりたる▽あきつはゆきて何もこぬかも

留守もりて入り日紅けれ紙ふくろ猫に冠せん
とおもほえなくに

留守もりていりりあかけれ○紙ふくろ猫にかむせんとおもほえなくに

9　新年の歌

明治四十一年作

今しいま年の来《きた》るとひむがしの八百《やほ》うづ潮に
茜かがよふ

今しいま年のきたると▽ひんがしのやおうずしおにあかねかがよう

高ひかる日の母を恋ひ地《ち》の廻《めぐ》り廻り極まりて
天《あめ》新たなり

※「日の母」大地が母のごとく太陽を慕っている。

たかひかる日の母を恋い▽ちのめぐりめぐりきわまりてあめ新たなり

東海に磤馭盧《おのころ》生《あ》れていく継ぎの真日美《うる》はしく
天《あめ》明《あ》けにけり

※「磤馭盧」日本の国土をさしている。

東海におのころあれて▽いくつぎのまひうるわしくあめあけにけり

ひむがしの朱《あけ》の八重ぐもゆ斑駒《ふちごま》に乗りて来《く》ら
しも年の若子《わくご》は

ひんがしのあけの八重ぐもゆ▽ふちごまに乗りてくらしも▽としのわくごは

年のはの真日のうるはしくれなゐを高きに上
り目蔭《まかげ》して見つ

年のはのまひのうるわし○くれないを高きにのぼりまかげして見つ

新装《にひよそ》ふ日の大神の清明目《あかしめ》を見まくと集ふ現《うつ》し
もろもろ

※「清明目」（大神の）清く明るい目。

にいよそう日のおおかみのあかしめを▽見まくとつどううつしもろもろ

天明《あまあか》り年のきたるとくだかけの長鳴鳥《ながなきどり》がみな
鳴けるかも

※「くだかけ」「長鳴鳥」ともに鶏の古名。

あめあかり年のきたると▽くだかけのながなきどりがみな鳴けるかも

しだり尾のかけの雄鳥が鳴く声の野に遠音《とほね》して年明けにけり

しだり尾のかけのおとりが鳴く声の▽野にとおねしてとし明けにけり

※「かけの雄鳥」にわとりのおんどりの声。

ひむがしの空押し晴るし守《まも》らへる大和島根に春立てるかも

ひんがしの空おしはるし守らえる▽やまと島根に春たてるかも

うるはしと思ふ子ゆゑに命欲り夢のうつらと年明けにけり

うるわしと思う子ゆえに命ほり▽夢のうつらとし明けにけり

※「命欲り」生きたいと思い。（夢にうつらうつらしながら年が明けた）。

沖つとりかもかもせむと初春にこころ問して見まくたぬしも

おきつとりかもかもせんと▽はつ春にこころどいして見まくたぬしも

※「沖つとり」枕詞、「鴨」にかかる。「こころ問」自問。

打日さす大城の森のこ緑のいや時じくに年ほぐらしも

うち日さすおおきの森のこみどりの▽いやときじくに年ほぐらしも

※「打日さす」枕詞、「宮」「みやこ」にかかる。「時じく」時期に関係なく、季節外れ。

豊酒の屠蘇に吾ゑへば鬼子ども皆死ににけり赤き青きも

とよみきのとそにわれえば▽おに子どもみな死ににけり○赤き青きも

※「ゑへば」酔えば。

くれなゐの梅はよろしも新《あら》たまの年の端に見れば特によろしも

くれないの梅はよろしも○あらたまの年のはに見れば特によろしも

※「新たまの」枕詞、「年」「月」「日」「春」などにかかる。

10　雑歌

明治四十一年作

あかときの畑の土のうるほひに散れる桐の花ふみて来にけり

あかときの畑の土のうるおいに▽散れるきりの花ふみて来にけり

青桐のしみの広葉の葉かげよりゆふべの色はひろごりにけり

※「しみの」葉が重ってしげっているさま。

あおぎりのしみのひろ葉の葉かげより▽ゆうべの色はひろごりにけり

ひむがしのともしび二つこの宵も相寄らなくてふけわたるかな

ひんがしのともしびふたつ▽このよいもあいよらなくてふけわたるかな

うつそみのこの世のくにに春はさり山焼くる
かも天の足り夜を

うつそみのこの世のくにに春はさり▽山焼くるかも◯あめのたりよを

※「うつそみの」枕詞、「世」にかかる。「春はさり」春になって。「天の足り夜を」満足している夜。

ひさ方の天の赤《あか》瓊《ぬ》のにほひなし遥けきかもよ
山焼くる火は

ひさかたのあめのあかぬのにおいなし◯はるけきかもよ◯山焼くる火は

※「赤瓊」「瓊」は玉。山焼きの遠い火を赤い玉と見做している。

うつし世は一《いち》夏《げ》に入りて吾がこもる室の畳に
蟻を見しかな

うつし世は▽いちげにいりてわがこもる▽へやのたたみにありを見しかな

真夏日の雲の峯天《あめ》のひと方に夕《ゆふ》退《そ》きにつつか
がやきにけり

真夏ひの雲のみねあめのひとかたに▽夕そきにつつかがやきにけり

※「夕退き」夕べが遠ざかり（つつ）。

荒磯《ありそ》ねに八重《やへ》寄る波のみだれたちいたぶる中の寂しさ思ふ

ありそねにやえ寄る波のみだれたち▽いたぶる中のさびしさ思う

秋の夜を灯《ともし》しづかに揺るる時しみじみわれは耳かきにけり

秋のよをともししずかにゆるる時▽しみじみわれは耳かきにけり

ほそほそと虫啼きたれば壁にもたれ膝に手を組む秋のよるかも

ほそほそと虫なきたれば▽かべにもたれ▽ひざに手を組む秋のよるかも

旅ゆくと井《ゐ》に下り立ちて冷々《ひやひや》に口そそぐべの月見ぐさのはな

たびゆくと井におり立ちて▽ひやひやに口そそぐべの月見ぐさのはな

11　塩原行

明治四十一年作

晴れ透《とほ》るあめ路《ぢ》の果てに赤城根《あかぎね》の秋の色はも更け渡りけり

晴れとおるあめじのはてに▽あかぎねの秋の色はもふけわたりけり

※「白雲の凝れるかかむり」白雲がよりあつまって冠のように見える。今日の笠雲。

小筑波《をつくば》を朝を見しかば白雲の凝れるかかむり動くともせず

おつくばを朝を見しかば▽しら雲のこれるかかむり▽動くともせず

関屋《せきや》いでて坂路《さかぢ》になればちらりほらり染めたる木々が見えきたるかも

せきやいでてさかじになれば▽ちらりほらり染めたるきぎが見えきたるかも

おり上り通り過がひしうま二つ遥かになりて尾を振るが見ゆ

おりのぼりとおりすがいしうまふたつ▽はるかになりて尾をふるが見ゆ

山角《やまかど》にかへり見すれば歩み来し街道筋《かいだうすぢ》は細りてはるけし

山かどにかえり見すれば▽歩みこし街道すじは細りてはるけし

※「角」ラッパ。

馬車とどろ角を吹き吹き塩はらのもみづる山に分け入りにけり

馬車とどろくだをふきふき▽しおはらのもみずる山にわけ入りにけり

山路わだ紅葉はふかく山たかくいよよ逼《せま》り来《く》わがまなかひに

※「わだ」「わた」とも言う。地形が入り曲がっているところ。

やまじわだもみじはふかく山たかく▽いよよせまりく▽わがまなかいに

とうとうと喇叭を吹けば塩はらの深染《こぞめ》の山に
馬車入りにけり

とうとうとラッパを吹けば▽しおはらのこぞめの山に馬車入りにけり

つぬさはふ岩間を垂るるいは水のさむざむと
して土わけ行くも

つぬさわういわまをたるるいわ水の▽さむざむとして土わけゆくも

※「つぬさはふ」＝「つのさはふ」枕詞、「岩」にかかる。

湯のやどのよるのねむりはもみぢ葉の夢など
見つつねむりけるかも

ゆのやどのよるのねむりは▽もみじばの夢など見つつねむりけるかも

夕ぐれの川べに立ちて落ちたぎつ流るる水に
おもひ入りたり

夕ぐれの川べに立ちて▽落ちたぎつながるる水におもい入りたり

あかときを目ざめて居ればくだの音の近くに
止みぬ馬車着けるらし

あかときを目ざめておれば▽くだのねの近くにやみぬ馬車着けるらし

床ぬちにぬくまり居れば宿の女《め》が起きねとい
へど起きがてぬかも

とこぬちにぬくまりおれば▽やどの女が起きねといえど起きがてぬかも

世のしほと言のたふとき名に負へる塩はらの
山色づきにけり

世のしおとことのとうとき名におえる▽しおはらの山いろづきにけり

※「世のしほ」世のものを清める塩あるいは人の暮しに大切な塩と言われる（名を持つ）。

谷川の音をききつつ分け入れば一 あしごとに
山あざやけし

谷川のおとをききつつわけ入れば▽ひとあしごとに山あざやけし

山深くひた入り見むと露じもに染みし紅葉を
踏みつつぞ行く

山ふかくひたいり見んと▽つゆじもにそみしもみじを踏みつつぞゆく

三千尺《みちさか》の目下《ました》の極みかがよへる紅葉のそこに
水たぎち見ゆ

みちさかのましたのきわみ▽かがよえるもみじのそこに水たぎち見ゆ

※「三千尺」字義の通りはるか遠く。

かへりみる谷の紅葉の明らけく天に響かふ山
がはの鳴り

かえりみる谷のもみじのあきらけく▽あめにひびかう山がわの鳴り

現し我が恋心なす水の鳴りもみぢの中に籠り
て鳴るも

うつしわが恋ごころなす水のなり▽もみじの中にこもりてなるも

※「恋心なす水の鳴り」まるで恋心のような水の響き。

山川のたぎちのどよみ耳底にかそけくなりて
峯を越えつも

山がわのたぎちのどよみ▽耳ぞこにかそけくなりてみねを越えつも

ふみて入るもみぢが奥は横はる朽ち木の下を
水ゆく音す

ふみているもみじが奥は▽よこたわるくち木のしたを水ゆく音す

山がはの水のいきほひ大岩にせまりきはまり
音とどろくも

山がわの水のいきおい▽おお岩にせまりきわまり音とどろくも

うつそみは常なけれども山川に映ゆる紅葉を
うれしみにけり

うつそみは常なけれども▽山がわにはゆるもみじをうれしみにけり

うつし身の稀らにかよふ秋やまに親しみて鳴く蟋蟀のこゑ

うつし身のまれらにかよう秋やまに▽親しみて鳴くこおろぎのこえ

打ちわたす山の雑木の黄にもみぢ明るき峡に道入りにけり

うちわたす山のぞうぎのきにもみじ▽明るきかいに道いりにけり

もみぢ原ゆふぐれしづむ蟋蟀はこのさみしみに堪へて鳴くなり

もみじ原ゆうぐれしずむこおろぎは▽このさみしみにたえて鳴くなり

つかれより美くしいめに入る如き思ひぞ吾がする蟋蟀のこゑ

つかれより美しいめにいるごとき▽思いぞわがする▽こおろぎのこえ

※「美くしいめ」正しくは「美しき夢」つまりこころよい夢。

もみぢ照りあかるき中に我が心空しくなりて
しまし居りけり
もみじ照りあかるき中に▽わが心むなしくなりて▽しましおりけり

しほ原の湯の出でどころとめ来ればもみぢの
赤き処なりけり
しおはらの湯のいでどころとめくれば▽もみじの赤きところなりけり

山の湯のみなもとどころ鉄色《かねいろ》にさびさびにけ
り草もおひなく
山の湯のみなもとどころ▽かねいろにさびさびにけり○草もおいなく

鉄《かね》さびし湯の源のさ流れに蟹が幾つも死にて
ゐたりも
かねさびし湯のみなもとのさ流れに▽かにがいくつも死にていたりも

親馬にあまえつつ来る子馬にし心動きて過ぎがてにせり

おや馬にあまえつつ来る子馬にし▽こころ動きてすぎがてにせり

あしびきの山のはざまの西開き遠くれなゐに夕焼くる見ゆ

あしびきの山のはざまの西ひらき▽遠くれないに夕やくる見ゆ

橋のべのちひさ楓《かへるで》かへり路になかくれなゐと染めて居りけり

橋のべのちいさかえるで▽かえりじになかくれないと染めておりけり

天地のなしのまにまに寄り合へる貝の石あはれとことはにして

あめつちのなしのまにまに寄りあえる▽貝の石あわれ○とことわにして

※「天地のなしのまにまに」自然のなすままに（化石）。

ほり出すいはほの貝の石ただ珍らしみ
ありがてぬかも

ほりいだすいわおのひまの貝の石▽ただめずらしみありがてぬかも

玉ゆらのうれしごころもとはの世へ消えなく
行かむはかなむ勿れ

たまゆらのうれしごころもとわの世へ▽消えなくゆかん○はかなむなかれ

おくやまの深き岩間ゆ海つもの石と成り出づ
君に恋ふるとき

おくやまの深き岩間ゆわたつもの▽石となりいず○君にこうるとき

もみぢ葉の過ぎしを思ひ繁き世に触りつるな
べに悲しみにけり

もみじ葉の過ぎしを思い▽しげき世にふりつるなべに悲しみにけり

※「もみぢ葉の」枕詞、「過ぎ」「散り」「移り」などにかかる。「繁き世」煩雑なことの多い日常生活。

山峡のもみぢに深く相こもりほれ果てなむか
峡のもみぢに

山かいのもみじに深くあいこもり▽ほれはてなんか○かいのもみじに

もみぢ斑の山の真洞に雲おり来雲はをとめの
領巾《ひれ》漏らし来も

もみじふの山のまほらに雲おりく○雲はおとめのひれもらしくも

※「真洞」洞窟、このあたりには多くある。「領巾」奈良、平安時代女性が首にかけ、左右へ長く垂らした布。別れを惜しむときなどこれを振った。

火に見ゆる玉手の動き少女らは何《なに》に天降《あも》りて
もみぢをか焚く

火に見ゆるたまての動き▽おとめらは何にあもりてもみじをかたく

※「玉手の動き」少女らの火にかざす手を幻想的に讃えている。

天そそる白くもが上のいかし山夜見《よみ》の国さび
月かたむきぬ

あまそそるしらくもがうえのいかし山▽よみの国さび月かたむきぬ

※「いかし山」厳しく厳かな山。「夜見の国」死者が行き着き住むといわれる国。

まぼろしにもの恋ひ来れば山川の鳴る谷際《たにあひ》に
月満てりけり

まぼろしにもの恋い来れば▽山がわの鳴る谷あいに月みてりけり

12　折に触れて

明治四十二年作

潮沫《しほなわ》のはかなくあらばもろ共にいづべの方に
ほろびてゆかむ

しおなわのはかなくあらば▽もろともに▽いずべのかたにほろびてゆかん

やうらくの珠はかなしと歎《なげ》かひし女《をみな》のこころ
うつらさびしも

ようらくのたまはかなしとなげかいし▽おみなのこころ▽うつらさびしも

※「やうらくの珠」瓔珞、インドの貴族の男女が装身具とする珠玉。「うつら」つくづくと。まざまざと。

宵《よひ》あさくひとり居りけりみづひかり蛙《かはづ》ひとつかいかいと鳴くも

よいあさくひとりおりけり〇みずひかりかわずひとつかいかいと鳴くも

をさな妻こころに守《まも》り更けしづむ灯火《ともしび》の虫を殺してゐたり

おさな妻こころに守りふけしずむ▽ともしびの虫を殺していたり

かがまりて見つつかなしもしみじみと水湧き居れば砂うごくかな

かがまりて見つつかなしも〇しみじみと水わきおれば砂うごくかな

夏晴れのさ庭の木かげ梅の実のつぶらの影もさゆらぎて居り

夏ばれのさにわのこかげ▽梅の実のつぶらの影もさゆらぎており

春闌けし山峡の湯にしづ籠り楤《たら》の芽食《を》しつつひとを思はず

春たけしやまかいの湯にしずこもり▽たらのめおしつつひとを思わず

馬に乗り湯どころ来つつ白梅のととのふ春にあひにけるかも

馬にのり湯どころきつつ▽はくばいのととのう春にあいにけるかも

※「白梅のととのふ」白い梅の花が咲きそろう。

ひとり居て卵《たまご》うでつつたぎる湯にうごく卵を見つつうれしも

ひとりいて卵うでつつ▽たぎる湯にうごく卵を見つつうれしも

干柿を弟の子に呉れ居れば淡々と思ひいづることあり

ほしがきを弟の子にくれおれば▽あわあわと思いいずることあり

ゆふぐれのほどろ雪路をかうべ垂れ濡れたる
靴をはきて行くかも

ゆうぐれのほどろ雪みちをこうべたれ▽ぬれたる靴をはきてゆくかも

世のなかの憂苦《うけく》も知らぬ女《め》わらはの泣くこと
はあり涙ながして

世のなかのうけくも知らぬめわらわの▽泣くことはあり○涙ながして

春の風ほがらに吹けばひさかたの天《あめ》の高低《たかひく》に
凧が浮べり

春のかぜほがらに吹けば▽ひさかたのあめのたかひくにたこがうかべり

萱《くわん》ざうの小さき萌《もえ》を見てをれば胸のあたりが
うれしくなりぬ

かんぞうの小さきもえを見ておれば▽胸のあたりがうれしくなりぬ

青山の町かげの田の畔みちをそぞろに来つれ
春あさみかも

青山のまちかげの田のあぜみちを▽そぞろに来つれ○春あさみかも

春あさき小田の朝道あかあかと金気《かなけ》浮く水に
かぎろひのたつ

春あさきおだの朝みち▽あかあかと▽かなけ浮く水にかぎろいのたつ

明けがたに近き夜さまのおのづから我心にし
触るらく思ほゆ

明けがたに近き夜さまの▽おのずからわが心にしふるらくおもほゆ

天竺のほとけの世より子らが笑《ゑみ》にくからなく
て君も笑むかな

てんじくのほとけの世より▽子らがえみにくからなくて▽君もえむかな

さみだれはきのふより降り行々子《よしきり》をほのぼのやさしく聞く今宵かも

さみだれはきのうより降り▽よしきりをほのぼのやさしく聞くこよいかも

八百会《やほあひ》のうしほ遠鳴るひむがしのわたつ天明《あまあけ》雲くだるなり

やおあいのうしおとおなるひんがしの▽わたつあまあけ雲くだるなり

※「八百会」多く寄り合う（潮）。

13　細り身

明治四十二年作

重かりし熱の病のかくのごと癒えにけるかとかひな撫《さす》るも

重かりし熱のやまいの▽かくのごといえにけるかと▽かいなさするも

蜩《ひぐらし》のかなかなかなと鳴きゆけば吾《われ》のこころの
ほそりたりけれ

ひぐらしのかなかなかなと鳴きゆけば▽われのこころのほそりたりけれ

あな甘《うま》、粥強飯《かゆかたいひ》を食《を》すなべに細りし息の太り
ゆくかも

あなうま○かゆかたいいをおすなべに▽細りし息のふとりゆくかも

※「食すなべに」食べるとともに、食べると同時に。

まことわれ癒えぬともへば群ぎものこころの
奥がに悲しみ湧くも

まことわれいえぬともえばむらぎもの▽こころの奥がに悲しみわくも

やまひ去り嬉しみ居ればほのぼのに心ぐけく
もなりて来るかも

やまい去りうれしみおればほのぼのに▽心ぐけくもなりて来るかも

※「ほのぼのに」漠然と。「心ぐけく」「心ぐし」の活用、心がすっきりしない、気分が晴れない。

たまたまの現《うつ》しき時はわが命《いのち》生きたかりしか
このうつし世に

たまたまのうつしき時は▽わが命いきたかりしか▽このうつし世に

※「現し」意識が確かで、正気である。

病みぬればほのぼのとしてあり経《へ》たる和世《にごよ》の
すがた悲しみにけり

やみぬれば▽ほのぼのとしてありへたる▽にごよのすがた悲しみにけり

※「和世」「荒世」にたいして、穏やかに過ごしているとき。

いはれ無《な》に涙がちなるこのごろを事更《ことさら》ぶとも
ひと云ふらむか

いわれなに涙がちなるこのごろを▽ことさらぶともひというらんか

※「事更ぶ」わざとらしい。

しまし間も今の悶えの酒狂《さかがり》になるを得ばかも
嬉しかるべし

しましまも今のもだえの▽さかがりになるをえばかも▽うれしかるべし

※「酒狂」酒狂い（になってしまうことが出来れば）。

閉づる目ゆ熱き涙のはふり落ちはふり落ちつつあきらめ兼ねつ

とずる目ゆあつき涙のはふり落ち▽はふり落ちつつあきらめかねつ

※「はふり落ち」あふれ流れ落ち。

やみ恍《ほほ》けおとろへにたれさ庭べに夕雨ふれば嬉しくきこゆ

やみほおけおとろえにたれ○さにわべに夕さめふればうれしくきこゆ

みちのくに吾稚くて熱を病みしその日仄かにあらはれにけり

みちのくにわれおさなくて熱をやみし▽その日ほのかにあらわれにけり

おとろへし胸に真手《まで》おく若き子にあはれなるかも蜩きこゆ

おとろえし胸にまでおく若き子に▽あわれなるかも▽ひぐらしきこゆ

※「真手」「まて」左右の手、もろ手。

熱落ちておとろへ出で来もこのごろの日八日《ひやか》
夜八夜《よやよ》は現しからなく

熱おちておとろえいでくも▽このごろのひやかよやよはうつしからなく

恣にやせ頬にのびし硬《こは》ひげを手ぐさにしつつ
さ夜ふけにけり

ほしいままにやせほほにのびしこわひげを▽たぐさにしつつさよふけにけり

※「手ぐさ」手でもてあそぶこと。

うそ寒くおぼえ目ざめし室《へや》の外《と》は月清く照り
鶏《かけ》なくきこゆ

うそ寒くおぼえ目ざめしへやのとは▽月きよく照りかけなくきこゆ

ぬば玉のふくる夜床に目ざむればをなご狂《きちがひ》の
歌ふがきこゆ

ぬばたまのふくるよどこに目ざむれば▽おなごきちがいの歌うがきこゆ

かうべ上げ見ればさ庭の椎の木の間おほき月
入るよるは静かに

こうべあげ見ればさにわのしいのこのま▽おおき月入る▽よるは静かに

日を継ぎて現身さぶれ蝉の声も清《すが》しくなりて
人うつくしも

※「現身さぶれ」「現身さぶ」から、元気なもとの身になる。

日をつぎてうつしみさぶれ○せみの声もすがしくなりて人うつくしも

現身ははかなけれども現し身になるが嬉しく
嬉しかりけり

うつしみははかなけれども▽うつしみになるがうれしく嬉しかりけり

おのが身し愛《いとほ》しければかほそ身をあはれがり
つつ飯食《いひを》しにけり

おのがみしいとおしければ▽かほそ身をあわれがりつついいおしにけり

火鉢べにほほ笑《わら》ひつつ花火する子供と居れば
われもうれしも

ひばちべにほほ笑いつつ花火する▽子どもとおればわれもうれしも

病みて臥すわが枕べに弟妹《いろと》らがこより花火を
して呉れにけり

病みてふすわがまくらべに▽いろとらがこより花火をしてくれにけり

わらは等は汝兄《なえ》の面《おもて》のひげ振りのをかしなど
いひ花火して居り

わらわらは▽なえのおもてのひげぶりの▽おかしなどいい花火しており

平凡に堪へがたき性《さが》の童幼《わらは》ども花火に飽きて
みな去りにけり

平凡にたえがたきさがのわらわども▽花火に飽きてみな去りにけり

なに故に花は散りぬる理法《ことわり》と人はいふとも悲しくおもほゆ

なにゆえに花は散りぬる○ことわりと人はいうとも悲しくおもおゆ

とめどなく物思ひ居ればさ庭べに未だいはけなく蟋蟀鳴くも

とめどなくものもいおれば▽さにわべにいまだいわけなくこおろぎ鳴くも

※「いはけなく」あどけなく、成熟しない。

宵浅き庭を歩めばあゆみ路のみぎりひだりに蟋蟀なくも

よいあさき庭を歩めば▽あゆみじのみぎりひだりにこおろぎなくも

宵毎に土にうまれし蟋蟀のまだいとけなく啼きて悲しも

よいごとに土にうまれしこおろぎの▽まだいとけなくなきて悲しも

さ庭べに何の虫ぞも鉦うちて乞ひのむがごと
ほそほそと鳴くも

さにわべに何の虫ぞもかねうちて▽こいのむがごとほそほそと鳴くも

※「乞ひのむ」ねがい祈る。祈り求める。

玉ゆらにほの触れにけれ延《は》ふ蔦の別れて遠し
かなし子等はも

たまゆらにほの触れにけれ○はうつたの別れて遠し○かなし子らはも

いつくしく瞬きひかる七星《ななほし》の高天《たかあめ》の戸にちか
づきにけり

いつくしくまたたきひかるななほしの▽たかあめの戸にちかづきにけり

神無月《かみなづき》の土の小床《をどこ》にほそほそと亡びのうたを
虫鳴きにけり

かんなづきの土のおどこに▽ほそほそと▽ほろびのうたを虫鳴きにけり

うらがれにしづむ花野の際涯《はたて》よりとほくゆくらむ霜夜こほろぎ

うらがれにしずむ花野のはたてより▽とおくゆくらんしもよこおろぎ

よひよひの露冷えまさる遠空をこほろぎの子らは死にて行くらむ

よいよいのつゆ冷えまさる遠ぞらを▽こおろぎの子らは死にてゆくらん

14　分病室

明治四十二年作

この度《たび》は死ぬかも知れずと思《も》ひし玉ゆら氷枕《へうちん》の氷《ひ》は解け居たりけり

このたびは死ぬかも知れずともいしたまゆら▽ひょうちんのひはとけいたりけり

隣室《りんしつ》に人は死ねどもひたぶるに箒《ははき》ぐさの実《み》食ひたかりけり

りんしつに人は死ねども▽ひたぶるにほうきぐさの実くいたかりけり

熱落ちてわれは日ねもす夜もすがら稚な児のごと物を思へり

熱おちてわれはひねもすよもすがら▽おさなごのごとものを思えり

のび上り見れば霜月《しもつき》の月照りて一本松《いっぽんまつ》のあたまのみ見ゆ

のびあがり見ればしもつきの月てりて▽いっぽんまつのあたまのみ見ゆ

赤光をはり

巻末に

○明治三十八年より大正二年に至る足かけ九年間の作八百三十三首を以て此一巻を編んだ。偶然にも伊藤左千夫先生から初めて教をうけた頃より先生に死なれた時までの作になつてゐる。アララギ叢書第二編が予の歌集の割番に當つた時、予は先づ此一巻を左千夫先生の前に捧呈しようと思つた。而して、今から見ると全然棄てなければならぬ様な随分ひどい作迄も輯録して往年の記念にしようとした。特に近ごろの予の作が先生から賞められるやうな事は殆ど無かつたゆゑに、大正二年二月以降の作は雑誌に発表せずに此歌集に収めてから是非先生の批評をあふがうと思つて居た。ところが七月卅日、この歌集の編輯がやうやく大正二年度が終つたばかりの頃に、突如として先生に死なれて仕舞つた。それ以来気が落つかず、清書するさへ臆劫になつた。後年の順序の統一しないのは其爲めである。最初の心と今の心と何といふ相違であらう。それでもどうにか歌集は出来上がつた。悲しくも予は此一巻を先生の霊前にささげねばならぬ。

○平福百穂《ひらふくひやくすい》、木下杢太郎の二氏が特に本書のために絵を賜はつた事は予のこよなき光栄である。そのうち杢太郎氏の仏頭図は明治四十三年十月三田文学に出た時分から密かに心に思つて居たものである。このたび予の心願かなつて到々予のものになつたのである。また、本書発行に就いて予を励まし便利を賜はつた長塚節、島木赤彦、中村憲吉、蕨桐軒、古泉千樫の諸氏並びに信濃諸同人に対し、又『とうとうと喇叭を吹けば』の句を賜はつた清水謙一郎氏に対し深く感謝の念をささぐ。
○文法の誤の数ケ所あること。送仮名法の一定せざること。漢字使用法の曖昧なること等は、臆劫な爲めにその儘にして置いた。本書の作物は今ごろ発行して読んで頂くのには誠に工合の悪いのが多い。きまりの悪いのが多い。併し同じく読んで頂く以上は自分に比較的親しいのを読んで頂かうと思つて、新しい方を先にした。初まりの方を一寸読んで頂くといふ心持である。本書は予のはじめての歌集である。世の先輩諸氏からいろいろ教へて頂いて、もつと勉強したい。
○本書の『赤光』といふ名は佛説阿弥陀経から採つたのである、書く迄もなく彼経には『池中蓮華大如車輪青色青光黄色黄光赤色赤光白色白光微妙香潔』といふ甚だ音調の佳い所がある。予が未だ童子の時分に遊び仲間に雛法師が居て切りにお経を暗誦して居た。梅の実をひろふにも水を浴びるにも『しやくしき、しやくくわう、びやくしき、びやくくわう』と誦して居た。『しやくくわう』とは『赤い光』の事であると知つたのは東京に来てから、多分開成中学の二年ぐらゐの時、浅草に行つて新刻訓点浄土三部妙典といふ赤い表紙の本を買つた時分のころである。そのとき非常に嬉しかつたと記憶して居る。本書に赤い衣を着せたのも其が関係がある。その頃は丁度露伴の『日輪すでに赤し』の句を発見した時分である。考へて見ると丁度春機発動期に入つたころである。それから繰つて見ると明治三十八年は予の廿五歳のときである。

大正二年九月二十四日よるしるす。

斎藤茂吉

歌集『赤光』入門

五年前、『赤光』刊行百年に当る年、様々な記念事業の一部として本書の元となった前書『愛唱赤光』に次のようなあとがきを寄せている。歌集『赤光』入門の一部となるから先ずそのまま載せて置く。

斎藤茂吉は、明治三十八年、二十三歳を大きなターニングポイントとして、短歌に打ち込み歌人として出発しています。根岸短歌会系の短歌雑誌「馬酔木」を読み、翌明治三十九年には伊藤左千夫を訪ね、子規門であった蕨眞、香取秀眞、長塚節、平福百穂らと交流し、医学の勉強の傍ら、作歌に烈しい情熱を注ぎ始めました。

この明治三十八年から大正二年七月(三十一歳)、伊藤左千夫の突然の死までの作歌八百三十一首が、初版歌集『赤光』の内容となっています。制作の新しい年度のものから、逆年順に配列して大正二年十月十五日、東雲堂書店から刊行されています。この出版は大変な反響を以て歌壇はもとより、文壇から迎えられました。

例えば、芥川龍之介は「僕は高等学校の生徒だつた頃に偶然『赤光』の初版を読んだ。『赤光』は見る見る僕の前へ新らしい世界を顕出した。爾来僕は茂吉と共におたまじやくしの命を愛し、浅茅の原のそよぎを愛し、青山墓地を愛し、三宅坂を愛し、午後の電燈の光を愛し、女の手の甲の静脈を愛した」と言っています。即ち、斎藤茂吉が『赤光』に於いて謳いあげているごく身近に存在する「詩」の輝きに同感したというのです。更に芥川は「僕の詩歌に対する眼は誰のお世話になつたのでもない。斎藤茂吉にあけて貰つたのである。もう今では十数年以前、戸山の原に近い借家の二階に『赤光』の一巻を読まなかつたとすれば、僕は未だに耳木兎のやうに、大いなる詩歌の日の光をかい間見ることさへ出来なかつたであらう」(「僻見」)と書き残しています。

「僻見」は八ページにわたって茂吉を論じているもので、茂吉が芥川の詩歌の眼を開かせた人であり、あらゆる文芸上の形式美の眼を開かせた存在だとも言って、日本の伝統文芸の新機軸として『赤光』を受けとめ、斎藤茂吉の文学活動を評価したのです。他にも、室生犀星は「どのページにも無駄なものはなく皆相応に光つてゐる。そのなかに恐ろしく頭抜けてゐる秀歌がある。

　めん鶏《どり》ら砂あび居たりひつそりと剃刀研人《かみそりとぎ》は過ぎ行きにけり
　たたかひは上海に起りゐたりけり鳳仙花紅《あか》く散り居たりけり

この二首に著者の才が仄めいてゐる。そして此のいやに鋭どがるくせが一巻を通じてゐる。鋭がるくせだとおもつてゐるうちに、それが著者が唯一の所持品だといふことに気付いて、その独創の非常に豊富なのに私は打身になりかかつてゐる」（「『赤光』を読む」）と言って、歌集『赤光』を高いところで評価しております。

更に、木下杢太郎も、長塚節も同質の評価をして受け止めております。近年では茂吉の二男の小説家北杜夫が、歌集『赤光』によって文学の眼が開けたという意味のことを書き残しています。

こうした例はごく一部であって、大正二年刊行の歌集『赤光』がもたらした近代文学への影響は甚大なものです。今年はその刊行百年に当りますから、この歌集初版『赤光』を今日の愛好家に、顧み、親しめるように工夫して作っているのが本書です。

声に出して、短歌の声調、日本語のリズムに親しみながら鑑賞していただけるようにしていきます。友人たちと朗読し合って、楽しんでいただけたらありがたい。また、新たに短歌に取り組もうとする人がいたら、指導者が朗読してやって『赤光』のこころを「読み伝え」てやっていただきたいとも願っています。

なお当然のことながら、改選版が作者の意図にそうものであるから、そちらにしっかり読み進んでもらうのが編註者の切なる願いであることも忘れないでいただきたい。

平成三十年四月吉日

編註者　秋葉　四郎

秋葉 四郎（あきば しろう）

昭和12年（1937年）、千葉県生まれ。歌人・文学博士・斎藤茂吉記念館館長。昭和42年「歩道」入会、佐藤佐太郎に師事。現在「歩道」編集人。歌集に『街樹』『極光（オーロラ）』『蔵王』『自像』等、他に『現代写生短歌』『作歌のすすめ』『新論歌人茂吉』『短歌清話―佐藤佐太郎随聞』『完本 歌人佐藤佐太郎』『茂吉 幻の歌集『萬軍』―戦争と斎藤茂吉』『短歌入門―実作ポイント助言』『茂吉入門―歌人茂吉人間茂吉』等がある。

『赤光《しゃっこう》』入門―斎藤茂吉を愛唱する

2018年4月27日　第1刷発行

編註者　秋葉 四郎
装　幀　片岡 忠彦
発行者　飯塚 行男
印刷・製本　シナノパブリッシングプレス

株式会社 飯塚書店
〒112-0002 東京都文京区小石川5-16-4
TEL03-3815-3805　FAX03-3815-3810
郵便振替00130-6-13014
http://izbooks.co.jp

ISBN978-4-7522-1041-2
Printed in Japan